KB197167
“사유키 선배!
가슴골이 너무 깊어서 숨을 못 쉬겠는데요?!”
“실내에서 한숨 돌리는 연습을 할 수 있다니
이득 같은데♪”

HENSUKI 12

목차

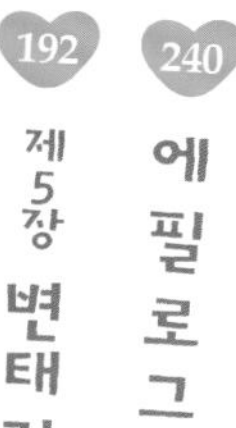
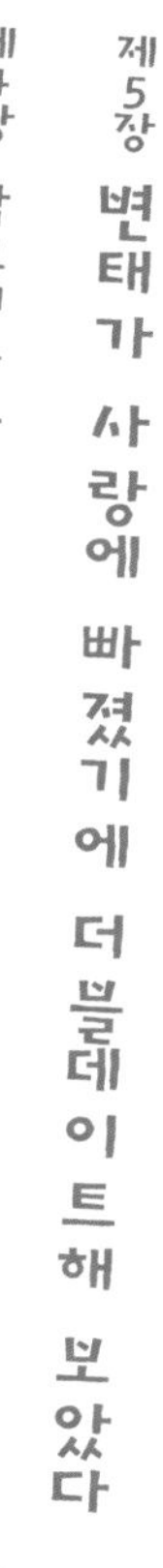
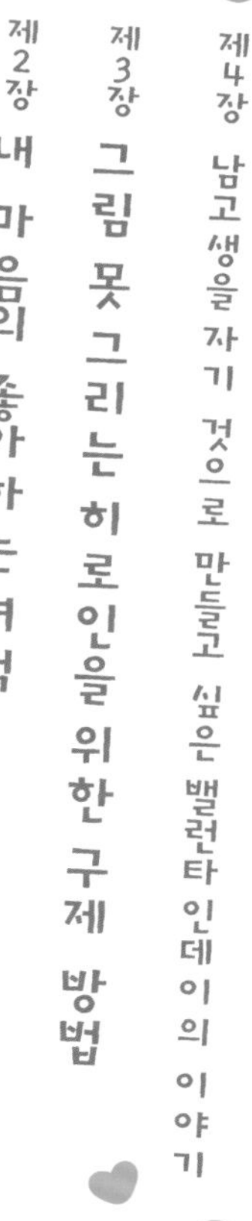

12
귀여우면 변태라도
좋아해 주실 수 있나요?
하나마 토모
일러스트 : sune

"아, 아니?!"

그곳에 펼쳐진 건 굉장히 관능적인 광경.
블레이저코트를 벗은 후배 여학생이
양손으로 블라우스 너머의 본인 유방을 주무르고 있었다.
"설마 유이카,
학교에서 그런 짓을……."

"있어? 좋아하는 사람?"
"상상에 맡길게요."
"그건 나에게도 비밀이야?"
"뭐, 조만간 알려줄게."
"그래……."

"후후후, 이번에는 무릎베개하고
머리를 쓰다듬어줄게."
"이제 마음대로 하세요."
"이건, 어쩌면 정말……."

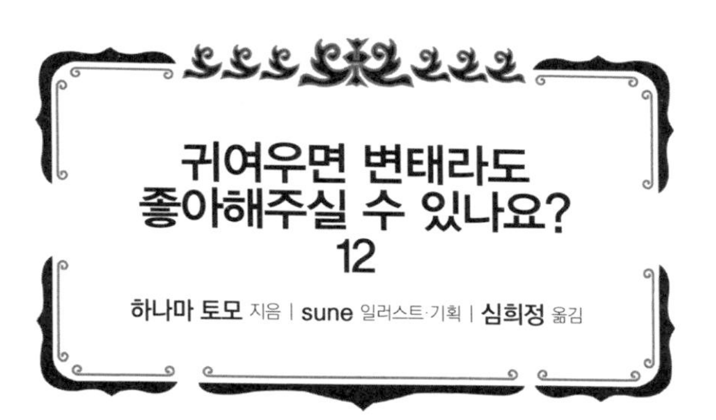

귀여우면 변태라도 좋아해주실 수 있나요? 12

하나마 토모 지음 | sune 일러스트·기획 | 심희정 옮김

컬러, 본문 일러스트, 기획 | sune

…프롤로그…

1월 하순 어느 월요일 오후 9시경.

목욕을 끝내고 따뜻한 실내복으로 갈아입은 아이리는 자기 방으로 돌아갔다.

숙제도 끝냈고 남은 건 백합 소설을 읽으며 잠드는 것뿐, 따라서 황갈색 머리를 늘어뜨린 채 하품을 하며 책장을 대신하는 컬러 박스로 다가가다 책상 위에 놓여 있던 스마트폰에 불이 들어오고 있다는 사실을 깨달았다.

"아, 아야노 선배랑 미타니한테 문자가 왔네."

메시지 발신인은 같은 학생회 멤버인 후지모토 아야노와 미타니 린 두 사람.

레이디퍼스트의 정신으로 아야노 문자부터 확인했다.

『요즘 키류의 체취를 충전 못 해서 욕구불만 상태야. 훌쩍 훌쩍…….』

"아야노 선배……."

뭐랄까, 굉장히 답장하기 곤란한 내용이었다.

냄새 페티시의 욕망을 커밍아웃해서 어쩌자는 거지?

"좋은 선밴데 가끔 이상한 소릴 시작하니까……."

기본적으로 성실한데 가끔 변태가 되어버려 곤란했다.

그렇지만 상대는 동경하는 상사이자 존경해야 할 상급생.

실례되지 않도록 일단『힘내세요! 분명 좋은 일이 있을 거예요!』라는 문자를 보냈다.

이어서 같은 1학년인 미타니의 문자를 확인했다.

『숨은 글래머인 여자 선배를 손에 넣으려면 어떻게 해야 할까?』

"아니, 난 그런 건 모르고, 여전히 최악인데……."

솔직히 말해 여자 동급생에게 보낼 만한 문장은 아니었다.

숨은 글래머 선배가 누군지도 모르고, 애초에 미타니의 연애 사정 따위 알바 아니었다.

이대로 방치해두고 싶었지만 녀석의 성격상, 무시하면 답장을 할 때까지 추가 문자를 계속 보내기 때문에『가슴별 인간은 자기 별로 그만 돌아가』라고만 답장을 보냈다.

이 이상 답장이 오지 않기를 빌며 스마트폰을 원래 위치에 돌려놓았다.

"참나, 미타니는……."

최악의 문자 때문에 금방 목욕을 마치고 나온 만족스러운 기분이 엉망이 됐다.

이래서 섬세하지 않은 남자는 싫다니까.

"그러고 보니 유이카는 어떻게 됐을까?"

미타니의 연애는 알 바 아니었지만 그쪽 연애 상황은 궁금했다.

같은 반으로 친구이기도 한 금발 미소녀 코가 유이카.

그녀는 서예부에 소속된 키류 케이키를 짝사랑 중이며 아이리는 그 사랑을 응원하고 있기에 이런 방법, 저런 방법으로 어시스트하고 있는데…….

"유이카의 고백에 대한 답을 한 달 가까이 보류하다니……키류 선배, 용서 못 해……."

욕설을 퍼붓는 것도 무리는 아니었다.

크리스마스이브에 용기를 내 고백한 유이카의 마음에 대한 답을, 그 남자라는 사람은 계속 보류하고 있었다.

유이카 러브인 아이리에게 확실하지 않은 그의 태도는 꽤 화가 나는 것이었다.

"뭐, 아무리 둔감한 키류 선배라 해도 유이카가 진심으로 다가가면 잠시도 버티기 힘들 테지만."

그렇게 말하며 아이리는 책상 서랍에서 한 장의 사진을 꺼냈다.

학교 안내 팸플릿 작성을 위해 오오토리 코하루에게 의뢰해 촬영한 사진 중 하나로 학교 건물 앞에 나란히 선 유이카와 케이키의 모습이 담겨 있었다.

긴장한 표정의 상급생 옆에서, 바로 옆에 위치한 좋아하는 사람을 의식한 것인지 뺨을 붉게 물들인 유이카가 뭔가 기쁜 듯 수줍어하고 있었는데――.

"장난 아니다……유이카는 진짜 천사야……."

무심코 마음속 소리가 흘러나오고 말았다.

유이카는 정말 귀여워.

초기 설정 상태부터 이미 너무 귀여울 정도로 귀여운데 사랑하는 소녀의 표정을 짓게 된 그녀는 살인적인 귀여움과 흘러넘치는 고귀함에 의해 가슴이 파열될 것 같았다.

"이렇게 귀여우면 그야 대부분의 남자들은 맥없이 넘어가겠지……."

여자인 아이리가 봐도 반칙적인 귀여움이었다.

평범한 남자 정도라면 순식간에 넘어가 버릴 것이다.

이런 미소녀에게 고백받으면 사귀는 것 말고 다른 선택지는 있을 수 없었다.

"키류 선배도 유이카를 좋아하게 될 거야……."

그가 어째서 바로 답을 해주지 않는지는 모르겠지만 S속성을 봉인한 유이카가 꽤 적극적인 어필을 반복하고 있는 것 같으니 조만간 함락되겠지.

그런 미소녀가 사랑을 속삭이는데 넘어가지 않는 남자는 남자도 아니야.

유이카가 남자 따위랑 교제하는 건 부아가 치미지만 그녀가 행복하다면 그걸로 좋았다.

"단념하고 얼른 사귀면 될 텐데……."

그런 말을 덧붙이며 사진 속 남자의 얼굴을 손가락으로 튕겼다.

그가 OK만 하면 두 사람 다 행복해질 텐데 유이카 같은 미소녀를 붙잡아놓고 뭐가 불만일까.

"……응?"

미운 남자에게 딱밤을 때리자마자 책상 위 스마트폰이 짧게 떨렸다.

다시 손에 들고 확인해보니 도착한 건 천사의 메시지.

"유이카가 보냈네. 혹시 진전이 있었나?"

혹시 그렇다면 이만큼 시의적절한 화제도 없었다.

서예부 멤버 모두가 주말에 설산 합숙을 했다고 했으니 둘 사이에 뭔가 이벤트가 있었을 가능성도 있었다.

빙그레 웃으며 메시지 내용을 확인했다.

"……응?"

문장을 읽던 아이리의 표정이 얼었다.

『오늘 케이키 선배한테 차였어』

"거짓말……."

문자는 예상대로 유이카의 연애와 관련된 것이었지만, 그 내용은 예상과는 달리 하나의 사랑의 끝을 고하는 것이었다.

그날 저녁을 다 먹은 케이키는 혼자 거실 소파에 앉아 멍하니 허공을 바라보고 있었다.

그가 생각하고 있던 건 오늘 방과 후, 유이카의 고백에 답을 전했을 때의 일이었다.

도서실 서고에서 따로 좋아하는 사람이 있다는 사실을 전하자 그녀는 '그런가요……?'라고 중얼거리며 조용히 도서실을 나갔다.

그때 그녀가 어떤 얼굴을 하고 있었는지는 알 수 없었다.

화내고 있었을까, 슬퍼하고 있었을까.

어쩌면 울고 있었을지도 모르지만 그걸 확인할 방법은 없었다.

"난 어떻게 하는 게 정답이었을까……."

거절한다 해도 좀 더 다정한 말이 있었을지도 몰라.

……아니, 어쨌든 마음이 변하지 않는다면 괜히 기대를 갖게 하는 게 더 잔혹했다.

마음에 응할 수 없는데 다정한 말을 건네는 건 무책임했다.

그런데 이렇게 우물쭈물 고민하고 있는 건 적잖이 후회가 되기 때문이었다.

어쨌든 상대는 자신을 잘 따랐던 귀여운 후배.

고백을 거절하면 울지도 모른다고, 그런 각오는 하고 있었다.

그런데 이제 와서 그녀에게 미움받기 싫다거나, 지금 이 관계를 깨뜨리기 싫다거나, 미련이 남은 것 같다고 생각해 버리는 본인이 정말 싫었다.

"이 세상의 꽃미남들은 고백을 거절할 때마다 이런 생각을 하게 될까……?"

여자에게 고백받은 횟수가 두 자릿수에 달하는 쇼마는 이런 마음을 수십 번이나 맛봤던 걸까?

아니, 분명 그렇지 않겠지.

유이카의 고백을 거절했는데 이렇게 마음이 아픈 건——.

"그만큼 그 아이가 진심이었기 때문이겠지."

쇼마에게 고백한 여자애들은 다들 좌우간 부딪쳐본다고나 할까, 말투는 좀 그렇지만 '사귀면 럭키'와 같은 스타일의 사람이 많았다.

하지만 유이카는 달랐다.

그녀는 본인의 취미를 봉인하면서까지 진심이 담긴 호의를 보내주었다.

진짜 본인을 희생하면서까지 갸륵한 애정을 계속 보여주었다.

"하지만 그럼 나도……."

후배와의 크리스마스 데이트를 계기로 많은 우여곡절을 겪은 후, 진심으로 좋아한다고 말할 수 있는 상대를 찾을 수 있었다.
그 사람을 향한 이 마음은 유이카에게도 지지 않겠지.
"――오빠?"
"미즈하……?"
고개를 들자 눈앞에 여동생이 서 있었고.
두꺼운 스웨터와 스커트를 맞춰 입은 실내복 차림의 그녀가 허리를 굽혀 오빠의 얼굴을 들여다보았다.
"그렇게 복잡한 얼굴을 하고 무슨 일 있어?"
"생각할 게 좀 있어서."
"생각?"
적당히 대답하자 미즈하가 '흐음' 하고 얌전한 얼굴로 자신의 턱에 손을 올렸다.
"과연, 어떻게 여동생의 치마를 걷어 올릴지 생각하고 있었구나."
"아니거든요."
얌전한 얼굴로 무슨 말을 꺼내는 거야? 너무 엉뚱해서 깜짝 놀랐다.
"여동생 팬티에 흥미는 없다고 말하는 거야?"
"여동생 팬티에 흥미가 있으면 큰일 아니야?"
뭐랄까, 윤리적으로.
그런 오빠의 합당한 이론에 미즈하가 아쉽다는 듯 한숨을 내쉬었다.

"그래……. 오늘 속옷은 좀 섹시한 검은색인데, 오빠는 흥미가 없구나……."

"잠깐만, 그런 걸 입었어?!"

"기합을 좀 넣어봤지."

"너무 과격한 건 오빠가 용납하기 힘든데?"

"그럼――."

천천히 치마 옷자락을 붙잡고 그대로 보일락 말락 하는 절묘한 위치까지 들어 올린 후 도발적인 미소를 지으며 그녀가 말했다.

"어떤 속옷을 입었는지 오빠가 체크해볼래?"

"변태 녀석……."

역시 노팬티 등교가 취미인 노출광.

자기 오빠에게 속옷을 체크해달라니, 이건 꽤 상급자용 요구였다.

(평소라면 과감하게 무시했겠지만…….)

이번에는 사정이 좀 달랐다.

(유이카에게 변태 성벽도 받아들일 수 있다는 식으로 말해버렸으니까…….)

그건 몇 시간 전으로 거슬러 올라가서.

서고로 불러낸 후배를 향해 변태 소녀들의 특수성벽은 본인이 글래머를 좋아하는 취향과 같은 차원의 이야기라느니, 좋아하는 걸 억지로 억제해선 안 된다느니 그런 의미의 이야기를 건넸다.

그만큼 확실하게 선언했던 것이다.

이제 와서 전언 철회 같은 건 용납되지 않았다.

여기서 미즈하의 노출 취미를 부정하는 건 유이카에 대한 배신이었다.

"좋아, 그럼 체크할 테니까 보여줘."

"뭐?!"

"왜 놀라? 미즈하가 먼저 꺼냈잖아."

"그, 그건 그렇지만……."

"왜 그래? 우물쭈물하지 말고 빨리 보여줘."

"오빠가 평소와 달리 적극적인데?! ……난 기쁘지만 그렇게 보고 싶으면 평소에 솔직하게 말해주면 좋을 텐데. 정말, 오빠 야해♪"

"……."

속옷을 살짝 보여 달라는 요구에 기쁜 듯 웃는 여동생을 보고 좀 정색했다.

야한 건 어느 쪽인지 캐묻고 싶었다.

(『탈 변태 계획』은 동결할 예정이었지만 정말 이런 변태를 내버려 둬도 되는 걸까……?)

변태를 어떻게 다룰지 결론 내리는 건 아직 좀 이를지도 모르겠다.

그런 생각을 하면서 케이키는 여동생의 속옷을 체크했다.

오빠로서 과도하게 파렴치한 속옷은 용인할 수 없었으니까.

노출마의 진술대로 그녀가 입고 있었던 건 좀 섹시한 검은색 팬티였다.

치마 앞쪽을 들어 올리면서 부끄러운 듯 미즈하가 물었다.

"어때……?"

"집에서 입는 건 괜찮지만 학교에 입고 가는 건 허락 못 해. 만에 하나라도 다른 남자가 보는 것도 싫고."

"내가 팬티를 보여주는 상대는 오빠뿐이야."

"그건 그것대로 좀 그런 것 같은데……."

시시한 대화에 무심코 미소가 흘러나왔다.

그 모습을 보고 치마를 내려놓은 미즈하가 살짝 미소 지었다.

"다행이다. 오빠가 기운을 차린 것 같아서."

"뭐?"

"방금까지 미간에 주름이 져 있었거든."

"으음……."

무심코 미간에 손을 올렸다.

미즈하는 배려심이 많다. 어쩌면 이 아이는 오빠를 기운 나게 해주기 위해 굳이 검은 팬티를 보여줬을지도 모른다.

"그럼 오빠도 기운 차렸는데 같이 씻을까?"

"아니요."

전언철회.

이 변태 소녀는 그저 섹시한 속옷을 과시하고 싶었던 것뿐이었나 봅니다.

◇

"좋은 아침, 키류."

"그래, 좋은 아침, 난죠."

아침, 등교한 케이키가 신발장에서 실내화를 꺼낼 때 뒤에서 다가온 마오가 말을 걸었다.

적갈색 머리를 사이드 테일로 묶은 그녀는 코트를 착용하고 목에는 감색 머플러를 두르고 있었다.

오늘은 아침부터 쌀쌀하더니 밖은 손이 오그라들 정도로 추웠다.

코트만 입은 케이키와는 달리 단단히 방한 대책을 세운 마오가 로퍼를 벗고 실내화로 갈아 신으며 물었다.

"키류, 수학 숙제 했어?"

"아, 숙제 있다는 걸 깜빡했다."

"키류도? 어쩔 수 없지, 나중에 아키야마에게 보여 달라고 해야겠다."

"나도 그렇게 해야지."

"그리고 키류는 숙제의 대가를 자신의 몸으로 지불했습니다."

"아침부터 썩은 내레이션 넣지 마."

이렇게 텐션이 높은 걸 보면 또 밤새 BL 만화 원고를 그렸을지도 모른다.

그러한 대화를 나누며 두 사람이 이동을 시작한 직후,

"아, 케이키 선배……."

"유이카……."

학생들이 오가는 승강구에서 코가 유이카와 우연히 마주치고 말았다.

마오처럼 코트와 머플러를 장착한 후배가 어색한 듯 시선을 피했다.

"아, 그래. 안녕, 유이카."

"……(휙)"

인사를 건넸지만 아무 말 없이 휙 외면하고 말았다.

그리고 입술을 다문 채 빠른 걸음으로 그 자리를 떠나고 말았다.

정말 판에 박힌 듯한 거절의 태도.

쌀쌀맞은 그 반응이 어떠한 심한 처벌보다도 케이키의 가슴을 옥죄였다.

(이건 꽤 견디기 힘드네…….)

다정한 후배가 차가운 태도를 취하는 모습을 지켜보는 건 상상 이상으로 힘들었다.

"키류, 너, 유이카에게 무슨 실수라도 했어?"

"그럴 땐 보통 '무슨 일 있었어?'라고 묻지 않아?"

"아니, 키류 성격상 섬세하지 못한 말이라도 한 건가 싶어서. 가슴이 작다거나 절벽이라거나, 개발도상국이라거나……."

"이건 난죠가 더 실례인 것 같은데."

본인이 들었다면 분노로 미쳐버릴 단어였다.

"유이카가 그렇게 보여도 꽤 크거든."

확실히 다른 멤버들에 비하면 소극적이지만 팔에 매달렸을 때 꽤 관능적이고 멋진 감촉을 맛볼 수 있었다.

다른 멤버들이 너무 화려한 것뿐, 유이카도 분발하고 있었다.

"……뭐? 그렇게 보여도 꽤 크다고?"

"응?"

얼굴을 옆으로 돌리자 마오가 차가운 눈으로 케이키를 바라보고 있었다.

"그래서? 유이카의 가슴 사이즈를 어떻게 키류가 알아?"

"아……."

이제야 제 무덤을 팠다는 사실을 깨달았다.

지금 그 말은 운 좋은 시추에이션을 마주했다는 걸 자백하고 있는 것이었다.

"뭐, 딱히 상관은 없지만. 싸웠으면 얼른 화해해."

"……그래."

싸운 건 아니지만 고백에 대해 이야기할 순 없었다.
이 자리에선 그렇게 말하며 넘어갈 수밖에 없었다.

"유이카가 안 오네……."
그날 점심시간, 도서실 대출 카운터에서 케이키는 혼자 중얼거렸다.
오늘은 둘 다 도서 위원 당번이었는데 시간이 돼도 파트너인 유이카는 나타나지 않았다.
따라서 2개인 당번용 의자 중 하나가 공석 상태였다.
그곳에서 웃는 얼굴로 일하던 후배의 모습을 투영하자 쓸쓸해졌다.
특별히 바쁜 건 아니었고 업무량은 혼자 충분히 소화할 수 있었지만 이 상태가 계속되면 여러 가지로 문제가 생기겠지.
"이대로 서예부에도 나타나지 않으면……."
말이 안 되는 이야기는 아니었다.
도서위원과 달리 서예부는 관두려고 하면 쉽게 관둘 수 있었다.
원래 유이카는 케이키를 노예로 만들기 위해 입부했다.
고백을 거절했을 때 노예가 될 생각은 없다고 다시 한번 전했고 노예화 계획이 실패로 끝난 지금 그녀가 서예부에 남을 이유는 없었다.

“서예부에 남아줬으면 좋겠다고 생각하는 건 분명 억지겠지…….”

교제를 거절해놓고 선후배 관계만은 유지하고 싶다는 건 지나치게 자기중심적인 이야기였다.

지금까지처럼 친하게 지내고 싶다고 말할 순 없었다.

그래도 그녀와 함께 보낸 시간은, 그녀와 나눈 대화는 케이키에게 어떤 것으로도 대체하기 힘든 소중한 것이었다.

그게 이런 형태로 끝나버리는 건 좀 슬펐다.

“케이키 선배, 수고 많으십니다!”

“아아, 린타로? ……응? 뭐야?”

대출 카운터로 다가온 건 남자 교복을 입은 미타니 린.

그리고 그의 옆에 또 한 명, 낯익은 남학생의 모습이 보였다.

“아, 안녕하세요, 키류 선배…….”

“그러니까……분명 쵸노 맞지?”

“아, 네. 맞아요. 쵸노입니다.”

고개를 숙인 어른스러워 보이는 남학생은 쵸노.

린타로처럼 1학년으로 만화연구부에 소속된 인물이었다.

“왜 린타로가 쵸노랑?”

“쵸노랑은 친구가 됐어요. 선거 때 이야기를 듣고 취미가 맞는 것 같아서요. 뭐라고 해도 『러브 파렴』의 독자니까요.”

“아아, 러브 파렴?”

러브 파렴이라는 애칭으로 알려진『이세계에서 러브 코미디를 추구하는 건 파렴치할까?』는 중고생들에게 인기 많은 소년 만화로 이세계로 환생한 주인공이 여주인공과 야한 트러블을 일으키는 러브코미디였다.

케이키도 읽은 적 있는데 꽤 재미있었다.

"저기, 키류 선배……선거 때는 죄송했습니다."

"후지모토가 용서했고 나도 이제 화 안 났어."

쵸노와는 학생회 선거 때 한바탕 소동이 있었고 아야노를 낙선시키기 위한 방해 공작을 받기도 했지만 그 일에 관해서는 이미 화해했다.

"그보다 만화연구부 부원들은 잘 지내?"

"글쎄요……메구 선배가 부회장이 되면서 거의 부실에 못 오게 돼서 다들 눈에 띄게 의기소침해있어요."

"오니즈카는 만화연구부 아이돌이었으니까."

메구 선배는 오니즈카 메구미.

그녀는 케이키의 같은 반 친구로 만화연구부 부원이며 현재는 학생회에서 부회장을 맡고 있는 여학생이었다.

아야노에게 스카우트되기 전엔 오타쿠 동아리의 공주님으로 군림했던 오니즈카였지만 학생회 임원이 된 현재는 바빠서 만화연구부에 못 가는 것 같았다.

"뭐, 그건 어쩔 수 없지만요. 우리 부에 메구 선배만큼 이야기를 잘 쓰는 사람이 없기 때문에 신작 초안도 떠오르지 않는다는 게 가장 큰 문제예요."
"아아, 스토리는 오니즈카가 생각했었어?"
시나리오 담당자가 부재중이라면 확실히 신작이 문제는 아니겠지.
그것 때문에 만화연구부 전체의 동기 부여에 영향이 생기는 듯했다.
"하지만 학생회 업무도 즐거워 보이고, 남자친구와도 잘 되는 것 같아서 저로서는 만족해요."
"크리스마스에도 데이트했었지."
오니즈카는 현재 3학년 이누이 나오야 선배와 절찬 교제중이었고 바쁜 와중에도 시간을 만들어 러브러브한 고교생활을 만끽하고 있었다.
이래서는 점점 더 만화연구부에 찾아갈 시간이 없을 것이다.
"아, 맞다. 데이트와 관련해서 제 이야기 좀 들어주세요, 케이 선배."
쵸노와 이야기꽃을 피우고 있는데 린타로가 끼어들었다.
"아까 복도에서 미즈하 선배를 만나서 차 마시자고 권했는데 오늘은 낫토 타임 세일이 있어서 안 된다고 차였어요."
"너, 아직도 포기 못 했냐……?"
"당연히 못 하죠. 그 가슴골에 얼굴을 묻을 때까지는."
"야, 그만해, 남의 여동생으로 묘한 상상하지 말라고."

산뜻한 얼굴로 쓰레기 같은 발언을 내뱉는 후배에게 주의를 줬다.

"가슴이 목적인 녀석에게 미즈하는 못 줘."

"아하핫, 케이 선배는 여전히 동생 바보네요."

"나 정도 클래스가 되면 동생 바보는 칭찬이거든."

너무 많이 들어서 요즘은 이름보다 더 와 닿았다.

"오해하지 않았으면 좋겠는데 딱히 가슴만이 목적은 아니에요. 그런 멋진 여성은 좀처럼 없으니까 도전하는 거라고요. 요리도 잘하고 미인에 착하기까지 하다니, 마치 여신님 같지 않아요?"

"여신님이라……."

아무래도 린타로는 키류 미즈하라는 여자에 대해 꿈을 꾸고 있는 듯했다.

분명 오빠의 욕심을 빼더라도 미즈하는 귀여웠다.

외모는 물론 숨은 글래머의 소유자로서 벗으면 굉장하고 요리도 능숙하고 청소도 잘하고 집안일 만능에 성격은 차분하고 애교도 있었다.

아내로 맞기에 이만큼 매력적인 여성은 따로 없겠지.

다만 공식적으로 알려지지 않은 『숨은 스테이터스』를 용인할 수 있다면 말이지만.

(실제로는 섹시한 팬티를 오빠에게 체크해 달라고 조르는 노출마인데…….)

진짜 그녀는 노팬티를 각별히 사랑하는 마성의 변태 소녀.
청초나 청순이라는 말과는 정반대의 여자애였다.
너무 끈질기게 쫓아다니는 걸 원치 않아서 차라리 진실을 가르쳐주고 싶지만 여동생의 성벽이 널리 알려지면 학교에 다닐 수 없게 될 테니 역시 자중했다.
"——꽤 즐거워 보이네요, 키류 선배?"
"응? 나가세?"
오늘은 꽤 낯익은 방문객이 많았다.
린타로와 쵸노에 이어 새로 등장한 건 1학년 나가세 아이리였다.
황갈색 머리를 트윈테일로 묶은 그녀는 굉장히 기분 나쁜 표정이라 그 위압감에 압도된 남자 후배 두 명은 아무 말 없이 아이리에게서 떨어졌다.
"갑자기 미안하지만 잠시 시간 좀 내주시겠어요?"
"뭐? 지금? 하지만 난 당번인데……."
유이카도 안 왔는데 일을 내팽개칠 수도 없었다.
케이키가 난색을 표하자 아이리는 린타로에게로 시선을 돌렸다.
"미타니."
"아, 네."
"미안하지만 잠시 선배 대신 당번 좀 맡아줄래?"
"제가요?!"

도서위원 실무 경험이 없는 린타로는 아무 말도 못했다.
이렇게 가엾은 남자가 산 제물로 발탁되었고 여자 후배 때문에 억지로 일어나게 된 케이키는 아무 말 없이 끌려나갔다.

◆

도서실에서 키류 케이키를 납치한 아이리는 그를 데리고 학생회실을 찾았다.
문은 열려 있었기 때문에 그대로 그와 안으로 들어왔고, 길게 말할 생각은 아니었기에 선 채로 단도직입적으로 말을 꺼냈다.
"용건은 아시죠?"
"뭐, 대충은……."
"유이카의 고백을 거절했다고 들었어요."
"그래……."
그 화제를 꺼내자 케이키의 얼굴이 살짝 어두워졌다.
왠지 예감 같은 건 있었다.
작년 연말, 불려 나간 커피숍에서 그와 이야기를 나눴을 때 그 언동을 보고 어쩌면 유이카 말고 따로 좋아하는 여자가 있을지도 모른다는 생각은 했었다.
그래도 상대는 그 유이카였다.

진심을 보인 유이카의 맹렬한 어필에 굴복할 거라고 생각했는데 이 사람은 마지막까지 그 아이를 선택하지 않았다.
"선배 거짓말쟁이. 울리지 않겠다고 했으면서……."
"미안……."
"이 바람둥이. 여자의 적. 둔감 주인공."
"그건 좀 심하지 않니?"
"유이카에 대해 다시 생각해보면 안 돼요? 지금이라면 아직 안 늦었어요."
"미안하지만 그건 안 돼."
"왜요?"
"나에겐 좋아하는 사람이 있으니까."
"윽?!"
예상은 했지만 이렇게 확실하게 말하니 제대로 실감이 났다.
하지만 여기서 이쪽의 동요를 알릴 순 없었다.
"……그 사람이 유이카보다 귀여워요?"
"나에게는."
"유이카보다 귀여운 여자가 있을 리가 없잖아요?!"
"나더러 어쩌라는 거야?!"
"끄응……."
안 돼.
감정에 휩싸여 큰 소리를 내뱉고 말았다.

이런 걸 하고 싶었던 게 아닌데 이 사람이 앞에 있으면 도저히 감정을 억누를 수가 없게 된다.

"계속 이상하다고 생각했는데 왜 나가세는 유이카를 도와줘?"

"그건……."

잠시 망설이다 딱히 숨길 일도 아니라는 걸 깨달았다.

"키류 선배도 입학 당시 유이카가 독불장군이었던 건 아시죠?"

"그래, 자주 혼자 도서실에 있었고."

"당시 전 유이카가 고립되어 있는 걸 알면서 그 아이에게 손을 내밀어주지 못했어요. ……뭐, 몇 번인가 말은 걸었지만 상대해주지 않아서 포기했죠."

그 무렵 유이카는 정말 차가운 눈을 하고 있었고 몇 번 말을 걸어도 반응이 없었기에 결국 아이리도 포기하고 말았다.

아이리는 유이카를 고독으로부터 구해낼 수 없었다.

"유이카의 사랑을 응원하게 된 이유가 바로 그거예요. 속죄라 할 건 아니지만 그 아이가 좋아하는 사람과 즐거운 학교생활을 보내길 바랐거든요."

"그래서……."

"사랑의 힘은 대단해요. 무뚝뚝했던 여자애를 그렇게 귀엽게 만들어버리니까."

키류 케이키와 있을 때 유이카는 천사 같았다.

나중에 그와 친해진 계기를 듣고 독불장군인 여자애에게서 그 미소를 끌어낸 상급생을 적잖이 질투했었다.

이 사람은 유이카를 고독으로부터 구해줬어.

두꺼운 얼음에 갇혀 있던 그녀의 마음을 녹여줬어.

그렇기에 유이카는 이 사람과 맺어져야 한다고 생각했다.

(그게 그 아이의 행복이라면 난 그 마음을 응원할 뿐.)

계속 그렇게 생각했다.

(계속 그렇게 생각했는데……)

——이 이상은 안 된다.

이 너머는 생각해선 안 된다고 이성이 제동을 걸었다.

마음이 지독하게 말라가는 감각을 느끼며 어두운 생각에 휩쓸리려던 그때 갑자기 아이리의 머리에 따뜻한 손이 닿았다.

"……키류 선배, 뭐 하시는 거예요?"

"나가세의 머리를 쓰다듬고 있어."

"그건 아는데요……."

왜 지금 그런 짓을 하는지 이해할 수 없었다.

아이리의 머리를 쓰다듬으며 부드러운 미소로 그가 말했다.

"나가세는 정말 착해."

"네?"

"친구를 위해 이렇게까지 최선을 다할 수 있다니, 대단하다고 생각해."

"……난 착하지 않아요."

아무것도 모르니까 그런 말을 할 수 있는 것이다.

아이리의 본심을 알면 이 사람도 환멸을 느낄 게 틀림없었다.

그런데――.

(왜 나는 이런 일에 기뻐하는 걸까……?)

손을 뿌리치지도 못한 채 달콤한 마음을 품게 되었다.

유이카에 대한 배신이라는 걸 알면서 이 마음을 억누를 수 없었다.

열에 들뜬 표정으로 발뺌할 수 없는 생각을 하던 그때, 아이리의 머리를 쓰다듬던 그가 다시 입을 열었다.

"왠지 나가세는 내가 좋아하는 사람을 닮았어."

"네……?"

"물론 성격은 다르지만 왠지 내버려 둘 수 없는 모습이라든가. 누군가를 위해 최선을 다하고 다른 사람의 마음을 아끼는 모습이라든가."

"……."

후반부턴 그가 무슨 말을 하는지 들리지 않았다.

슬픔이나 아픔 같은 이름을 붙일 수 없을 정도로 많은 감정이 마음속에서 소용돌이쳐서 아무것도 생각할 수 없게 되었고――

정신을 차려보니 그의 손을 뿌리치고 있었다.

"나가요……."

"뭐?"

"이제 됐으니까 여기서 나가요……!!"

"나가세가 데리고 왔으면서?!"

당황한 상급생의 등을 휙휙 밀며 억지로 교실 밖으로 쫓아냈다.

그리고 더 이상 말할 필요를 못 느끼고 문을 닫았다.

뭔가 밖에서 투덜대고 있는 것 같았지만 이윽고 멀어지는 발소리가 들린 걸 보면 아무래도 순순히 가버린 것 같았다.

그걸 확인하고 아이리는 닫았던 문에 손을 얹은 채 자신의 이마를 꽉 눌러댔다.

"좋아하는 사람을 닮았다니, 그건 나 같은 건 안중에도 없다는 뜻이잖아……."

케이키를 쫓아낸 이유가 그거였다.

멋대로 배신당한 것 같은 비참한 감정.

"난 착하지 않아요……."

그 사람은 착각하고 있는 것 같지만 진짜 나가세 아이리는 최악의 인간이었다.

"왜냐하면 난…… 나도 키류 선배를……."

그렇게 혼잣말을 내뱉을 때였다.

분명 아무도 없었던 방 안에서 덜컹하는 소리가 들렸고

동시에 '아앗?!'하며 당황한 듯한 여자의 목소리가 울려 퍼졌다.

"누구야?!"

순간적으로 소리가 나는 쪽으로 눈을 돌렸다.

학생회실 소파 옆, 바닥 위로 휴대 게임기가 떨어져 있었고 그 소파 뒤에서 얼굴을 슬쩍 비치던 여학생과 눈이 마주쳤다.

떨어진 게임기에 손을 뻗은 자세로 굳어버린 그녀의 이름은――.

"시호 선배?!"

"헤, 헬로우――?"

언제부터 거기 있었을까.

상황으로 추측해보면 어쩌다가 떨어뜨린 게임기를 주우려 했던 것 같은데 그건 즉 아이리와 케이키가 오기 전부터 거기 있었다는 뜻이었고…….

"왜 시호 선배가 학생회실에……."

"아――, 그게 말이지……."

난처한 얼굴로 시호가 일어났다. 약삭빠르게 게임기도 회수하면서.

"아, 그러니까? 이건 뭐랄까, 신작 게임 뒷부분이 궁금해서 학생회실을 빌려서 해보려고 했거든? 그런데 두 사람이 들어와서 순간적으로 숨었는데, 몰래 들을 생각은 없었어.

바, 반성하고 있으니까 화내지 마."

아무래도 시호는 학생회실에서 취미인 게임을 즐기고 있었던 것 같다.

그러고 보니 이 사람, 바쁜 학생회 업무 틈틈이 숨어서 게임을 했었다.

또 이런 걸 갖고 와서는――이라고 평소라면 화냈겠지만 지금의 아이리에겐 그럴 여유가 없었다.

"들었……어요?"

"……응, 전부 들었어."

어색해하면서 시호가 끄덕였다.

그야 같은 방에 숨어 있었다면 대화는 전부 다 들렸겠지.

당연히 조금 전 아이리가 뱉어버린 혼잣말도…….

"아이리는 케이키를 좋아했구나."

"그건……."

순간적으로 거짓말을 하려고 했지만 금방 무의미하다는 걸 깨달았다.

이미 마음을 들려주고 말았으니 이제 와서 숨길 수도 없겠지.

"……맞아요. 난 계속 키류 선배에게 끌렸어요."

이야기하고 말았다.

누구에게도 털어놓은 적 없는 자신의 마음을.

"이상하죠? 계속 남자가 싫다면서 스스로 멀리했는데……."

예전에 안 좋은 일을 당한 이후 계속 남자를 피했다.

그를 향해서도 처음에는 몇 번이나 심한 말을 내뱉기도 했다.

"그 사람은 한없이 좋은 사람이에요. 쓸데없이 참견도 잘하고, 내가 남자 싫어하는 걸 고쳐준다면서 수면시간을 줄여 조사도 하고. 그런 이상한 사람은 태어나서 처음 봤어요."

무례한 태도를 취했는데도 그는 계속 상냥했다.

처음에는 이런 남자도 있는 건지 의아하게 생각했을 뿐이었는데 언제부터인가 그를 눈으로 좇게 되고, 본인의 방에 있을 때도 그 사람만 생각하고, 이러면 안 된다고 생각했을 땐 이미 늦은 후였다.

"하지만 선배에겐 좋아하는 사람이 있는 모양이에요……."

좋아하는 사람을 닮았다니, 얼마나 잔혹한 말인가.

그런 말을 들으면 싫어도 뼈저리게 깨닫게 된다.

자신은 그 사람에게 특별한 상대가 아니라는 걸.

그렇게 생각하면 눈앞이 새하얘졌다.

이렇게 좋아하게 해놓고, 24시간 내내 생각하게 할 정도로 가슴속으로 들어와 놓고, 너무 쉽게 다른 사람을 좋아하게 됐다니. 정말 너무한 거 아닌가?

왜 유이카가 아닐까?

왜 내가 아닐까?

——염치없는 변명이라는 것 정도는 알고 있었다.

그의 탓도, 하물며 다른 누군가의 탓도 아니었다.

무대에 올라가지 않길 선택한 건 나였다.

“난 정말 힘들었어요……. 직접 결정했으면서 유이카를 응원하는 게 괴로워서 참을 수 없었어요…….”

한 번 진심을 털어놓으니 더는 막을 수 없었다.

“사실은 크리스마스이브에 키류 선배랑 데이트하고 싶었어요……. 선배랑 거리를 걷고 싶었어요……. 손을 잡아보고 싶었어요……. 선배랑 약속한 건 나였는데……!”

12월 24일 그날, 약속을 어긴 아이리에게 항의 전화가 왔을 때, 그가 자신과의 데이트를 기대하고 있었다는 말을 듣고 기뻐하고 말았다.

연말에 커피숍에서 선물을 받고 가슴이 뜨거워지고 말았다.

받은 수첩을 매일처럼 바라본다는 걸 알면 그 사람은 어떤 표정을 지을까.

“난 키류 선배가 생각하는 그런 착한 아이가 아니에요. 왜냐하면 난 유이카가 차였다는 사실을 알았을 때, 친구를 생각해 슬퍼하기보다 먼저 두 사람이 맺어지지 않았다는 사실에 안도했으니까.”

유이카를 위한다면서 마음속으로는 그를 포기하지 못했던 것이다.

“키류 선배를 여기로 불러낸 것도 유이카와 사귀지 않으면 억지로 참고 있던 내 마음이 허사가 될 것 같아서니까……."

유이카가 차이면 무엇을 위해 그를 포기한 건지 알 수 없게 된다.

게다가 안심했다는 사실에 대한 죄책감도 있었으니까.

그래서 어떻게든 그와 유이카 사이를 중재하려고 했다.

그러한 발버둥질도 결국 실패하고 말았지만.

"하지만 좋아하는 사람이 있다는 말을 들으면 어떻게 할 수가 없잖아요. 그 마음을 멈출 수 없다는 건 내가 제일, 아플 정도로 잘 아니까."

좋아하는 사람을 포기해야 하는 슬픔을 그 사람이 느끼는 건 싫었다.

좋아하는 사람에게 좋아한다고 말할 수 없는 아픔을 그 사람이 짊어지게 하고 싶지 않았다.

(분명 내가 이 마음을 전한다면 곤란해질 테니까…….)

그래서 감정에 휩쓸려 쓸데없는 소릴 지껄이기 전에 그를 학생회실에서 내보낼 수밖에 없었다.

"……그래. 둘 사이에 끼어서 난처했구나."

"시호 선배……."

고개를 들어보니 지금까지 가만히 들어주던 시호가 눈앞에 있었고 그녀에게 꽉 안기고 말았다.

"잘 참았어."

"――윽?!"

그 이후에는 말이 더 나오지 않았다.
그녀의 가슴에 얼굴을 묻고 아이리는 어린애처럼 흐느껴 울었다.

◇

그날 방과 후, 교실 청소를 끝낸 케이키가 동아리실로 가려고 복도를 걷고 있을 때 바지 주머니 안에서 스마트폰이 진동했다.
"응? 나가세?"
점심시간에 화나게 해버렸으니 그에 대한 항의의 메시지일지도 모른다고 생각하면서 메시지를 확인했다.
『유이카가 쓰러져서 보건실로 옮겼어요』
"……뭐?"
순간 그 문장의 의미를 이해할 수 없었다.
유이카가 쓰러졌다는 부분만이 몇 번이나 머릿속에서 되풀이됐고 긴급 사태를 알리는 메시지에 핏기가 가셨다.
"제길!!"
사정은 모르겠지만 가만히 있을 수 없었다.
생각보다 먼저 케이키는 뛰기 시작했다.
인적이 없는 복도를 최대한 빠른 속도로 이동해 1층에 있는 보건실로 달려갔다.

"유이카는——."

양호선생님은 부재중인 듯 타치바나 선생님의 모습이 보이지 않았다.

다만 2개인 침대 중 하나에 커튼이 쳐져 있었고,

"……흣……하……으응……하앗……읏."

천으로 가로막힌 건너편에서 여자애가 괴로워하는 소리가 들려왔다.

"유이카!"

"……네?"

커튼을 열고 안으로 들어가니 침대 위에서 상반신을 일으킨 유이카가 눈을 끔뻑거렸다.

그리고——

"……응?"

케이키 또한 동요한 듯 그 눈을 깜빡거렸다.

그곳에 펼쳐진 건 굉장히 관능적인 광경.

블레이저코트를 벗은 후배 여학생이 양손으로 블라우스 너머의 본인 유방을 주무르고 있었다.

"케, 케이키 선배?!"

너무나도 놀라운 사태에 뺨을 새빨갛게 물들이며 당황한 듯 부산떠는 코가.

"어, 어떻게 케이키 선배가?!"

"유이카야말로 대체 뭐 하는 거야?"

"이, 이건……."

"설마 유이카, 학교에서 그런 짓을……."

"아, 아니!!"

의혹의 시선을 보내자 유이카가 당황하며 가슴에서 손을 뗐다.

"이건 케이키 선배가 생각하는 그런 이상한 짓이 아니에요!"

"그럼 왜 가슴을 주무르고 있었어?"

"그건 저기……으으윽……!"

우물우물 말을 더듬다 자포자기한 듯 그녀가 외쳤다.

"아아, 정말! 이건 아까 타치바나 선생님한테 배운 바스트업 체조예요! 이래도 작은 걸 꽤 신경 쓰고 있었으니까! 뭐, 불만 있어요?!"

"알았어. 미안. 내가 잘못했으니까 높이 든 베개부터 내려놔."

하마터면 밟을 뻔한 지뢰를 직전에 피했다.

이미 밟아버린 것 같은 기분도 들었지만 그 자리에서 바로 내뱉은 사죄의 말 덕분에 어떻게든 베개 발사는 저지했다.

(아니, 타치바나 선생님도 학생에게 뭘 가르치는 거야……?)

타치바나 교사 본인이 꽤 큰 가슴의 소유자였고 효과에 신빙성이 있을 것 같아서 바로 시험해봤다고 짐작할 수 있었다.

"……굳이 이제 와서 가슴을 크게 키우려 해도 늦었다는 건 알고 있어요."

"뭐?"

"흥, 이 마음을 남자는 몰라요."

중얼중얼 무슨 말을 중얼거리며 코트를 다시 걸친 후배.

단추를 다 잠그고 침대 가장자리에 걸터앉아 원망스러운 시선을 보냈다.

"그래서? 왜 케이키 선배가 여기 있어요?"

"나가세에게 유이카가 쓰러졌다는 연락을 받았어."

"쓰러졌다고요? ……아뇨, 단순한 수면 부족이라 자체적으로 오후 수업을 쉰 것뿐인데요……."

"그래?"

그 말을 듣고 그녀의 모습을 관찰했다.

분명 안색도 나쁘지 않았고 컨디션에 문제는 없어 보였다.

그렇다는 건──.

"혹시 나 또 나가세에게 속아 넘어간 거야?"

아무래도 그런 것 같았다.

처음부터 케이키와 유이카를 단둘이 놔두려는 게 목적이었겠지.

"하지만 기뻐요. 유이카를 걱정했군요."

"그야 뭐……."

"어제는 유이카를 호되게 찼으면서."

"으윽……."

"아니, 애초에 수면 부족은 선배에게 차인 탓에 눈이 붓도록 운 게 원인이지만요……."

"으, 응……."

가슴이 아팠다.

원망하는 후배의 시선이 푹푹 꽂혔다.

"정말 아깝지 않아요? 모처럼 유이카 같은 미소녀를 여자친구로 만들 수 있는 기회였는데."

"……."

그건 확실히.

지금도 아까운 짓을 했다고 생각한다.

"아——아, 아쉽다. 케이키 선배가 남자친구가 되어줬다면 원하는 만큼 유이카 냄새를 맡게 해줬을 텐데."

"냄새를 맡게 해준다고……?"

뭐야, 그거? 굉장히 흥미로운데?

그렇게 말할 뻔했지만 직전에 삼켰다.

"그리고 선배를 목걸이와 쇠사슬로 묶고 밖에서 산책시켰을지도."

"그건 굳이 안 해도 돼."

그런 변태 플레이에 기뻐하는 건 토키하라 집안의 사유키 씨뿐이었다.

"뭐, 그래요. 유이카는 차였으니까 케이키 선배는 싹 잊고 새로운 사랑을 찾기로 했어요."

"유이카……."
"설마 그렇게 말할 줄 알았어요?"
"뭐?"
"후후훗, 방금 그건 전부 거짓말이에요! 포기 따위 안 할 거라고요~!"
"뭐어어?!"
너무나도 빨리 손바닥 뒤집듯 말을 바꿨다.
놀란 상급생을 향해 그녀는 빙긋 웃어보였다.
"유이카의 본성은 도S 여왕님이에요. 그러니까 케이키 선배의 말 따위 순순히 들어주지 않을 거예요. 부실에서도 도서실에서도 틈만 나면 접근할 거예요."
"그건……."
즉 그녀는 서예부에 남는다는 뜻…….
"각오하세요, 언젠가 반드시 선배를 유이카 걸로 만들 테니까!"
"그럼 나도 유혹당하지 않도록 정신 바짝 차려야겠네."
후배의 선언에 무심코 미소가 흘러나왔다.
코가 유이카의『탈 변태 계획』은 완전히 실패.
이미 그녀의 갱생은 불가능했고 앞으로도 이 도S의 귀여운 여자 후배에게 표적이 되는 생활이 기다리고 있을 것 같았다.
불합리하고 일방적인 선언을 들었는데 어째서일까.

이상하게도 기분이 나쁘지 않았다.

그 이후, 유이카와 둘이서 부실을 찾자 다른 멤버 세 사람이 한 곳에 모여 있었다.

사유키와 마오와 미즈하, 세 사람 다 자리에서 일어난 상태로 테이블 앞에 모여 있었고, 둘을 알아차린 부장이 시선을 돌렸다.

“어머, 두 사람 다 늦었네.”

“수고 많으십니다. 다들 모여서 뭐 하시는 건가요?”

“합숙 때 사진이 나와서 보고 있었어.”

“네? 벌써 나왔어요?”

“오오토리한테 부탁했더니 하루 만에 갖고 왔어.”

“역시 코하루 선배, 일처리가 빠르다니까요.”

사진과 관계된 의뢰는 그녀에게 맡기면 문제없었다.

아무래도 사진을 테이블에 늘어놓은 듯 미즈하가 케이키를 위해 장소를 비워주었다.

“오빠랑 유이카도 앉아.”

“어디, 어디.”

“아, 미즈하 선배가 만든 눈사람 사진도 있네요.”

유이카가 발견한 건 미즈하와 눈사람 부부가 담긴 가족사진.

그 외에도 유이카가 첫 스키에 악전고투하는 모습이나 그런 유이카를 지도하는 케이키와 그녀의 투샷, 저녁식사 전에 지쳐 쓰러진 마오의 잠든 얼굴에 침실에서 찍은 것 같은 파자마 차림의 사유키 사진도 있었다.

"내가 잠든 얼굴은 언제 찍었어?!"

"아, 그건 저예요. 귀여워서 나도 모르게."

"미즈하?!"

본인도 모르는 사이에 잠든 얼굴을 찍힌 피해자 마오와 범인인 미즈하가 장난을 치기 시작했다.

이런 대화도 동아리 활동의 묘미였다.

"……."

힐끔 옆을 보니 유이카도 즐거운 듯 웃고 있었다.

방금 전까지 그녀가 동아리를 관둘지도 모른다고 마음을 졸였는데 그런 걱정은 이제 없어진 듯했다.

(자, 그렇게 되면…….)

유이카의 고백에 대한 답은 끝냈지만 한 명 더, 기다리게 해버린 사람이 있었다.

(어떻게든 시간을 내서 사유키 선배와 단둘이 있을 기회를 만들어야 해.)

여학생들 속에 섞여서 즐거운 듯 사진을 보고 있는 상급생.

그녀의 고백도 보류한 상태였다.

이미 답은 정해져 있지만 역시 모두가 있는 앞에서 말할 순 없었다.

(집에 갈 때 은근슬쩍 불러내 볼까……?)

그런 생각을 하고 있는데 그 사유키가 사진을 음미하던 유이카에게 말을 걸었다.

"그러고 보니 코가, 오늘은 웬일로 케이키와 함께 왔네."

"아, 케이키 선배랑 이야기를 좀 했어요."

"이야기?"

"아, 맞다, 실은 말이죠——."

그 순간, 유이카가 보여준『나쁜 얼굴』은 아무도 알아차리지 못했고,

"케이키 선배가 앞으로 우리의 변태 취미를 전면적으로 받아들여 줄 것 같아요."

""""""뭐?!""""""

후배가 내뱉은 폭탄발언에 의해 서예부는 혼란의 소용돌이에 휩싸였다.

"그, 그건 특수 성벽 전면 해방이라는 뜻이야?"

"탈 변태 계획이 어쩌고 했던 키류가?"

"정말이야?"

사유키와 마오, 미즈하의 질문에 유이카가 선뜻 고개를 끄덕였다.

"정말이에요. ——그렇죠, 케이키 선배?"

"아니, 그건……."

확실히 개성을 존중한다는 식의 이야기는 했다.

하지만 특수 성벽을 전면적으로 받아들이겠다고는 하지 않았다.

"아, 그리고 이런 말도 했어요."

여학생들 모두에게서 기대가 담긴 시선이 모여 쩔쩔매는 케이키를 제쳐놓고 유이카는 다시 폭탄을 투하했다.

"케이키 선배에겐 좋아하는 사람이 있는 것 같아요."

"잠깐?!"

""""좋아하는 사람?!""""

케이키의 목소리를 덮으며 세 여학생의 대사가 하모니를 이루었다.

"뭐, 유이카도 그게 누구인지까지는 모르지만요. ——맞죠? 그렇죠, 케이키 선배?"

"……."

이건 정말 완전히 아웃.

갑자기 던져진 특대 특종에 자연스럽게 세 여학생의 시선이 케이키에게로 몰렸다.

"흐, 흐음? 키류에게 좋아하는 애가 있었어?"

"대, 대체 누굴까?"

"오빠에게 좋아하는 사람이……."

좋아하는 사람의 정체를 상상하며 안절부절못하기 시작한 여학생들.

방금까지의 온화한 분위기는 어디로 갔을까.

유이카의 폭탄발언 때문에 부실이 눈 깜짝할 사이에 묘한 공기에 휩싸이고 말았다.

(어쩌지, 이 분위기…….)

이미 고백에 대한 답이라거나 그런 걸 걱정할 때가 아니었다.

정말 무슨 짓을 한 거야.

하필이면 서예부 변태 소녀들이 모두 모인 이 타이밍에 이러한 폭거를 일으키다니…….

"유이카……."

"에헷♪"

항의의 시선을 유이카에게 보내자 본인을 찬 남자에게 복수를 달성한 금발 소악마가 날름 귀엽게 혀를 내밀었다.

케이키가 서예부 부실에서 아수라장을 체험하고 있을 때.

아키야마가 방에서는 애용하는 의자에 걸터앉아 책상을 마주본 유우히가 빙긋 웃으며 손에 든 스마트폰 화면을 바라보고 있었다.

"뭐 봐?"

"으아아아아아악?!"

갑자기 들려온 누군가의 목소리에 긴 머리를 흔들며 고양이처럼 유우히가 펄쩍 뛰었다.

"아, 아사히?!"

등 뒤에 서 있던 건 팬츠룩과 짧은 머리가 트레이드마크인 쌍둥이 언니, 바로 아키야마 아사히였다.

"아니, 내 여동생이지만 깜짝 놀라게 하는 보람이 있는 훌륭한 리액션이라니까."

"가, 갑자기 말 걸지 마."

"응? 그럼 갑자기 치마를 올리는 게 나았나?"

"이 사람, 조금도 주눅 들지 않았는데……."

아직 심장이 쿵쾅쿵쾅 뛰었다.

말을 걸기만 했는데 이 정도로 놀란 건 유우히가 실실거리며 보고 있던 화면이 여러 가지로 문제가 있는 상품이었기 때문이었다…….

(봐, 봤을까? 아사히가 봤을까?)

가슴에 품은 스마트폰 화면이 언니에게 보였을까 안 보였을까.

그 결과에 따라서 이후 대응이 달라졌다.

"그 사진은 수족관 이벤트 때 맞지? 언제 찍었어?"

"이런――, 다 봤어……?"

유우히가 바라보고 있었던 건 그녀가 잠시 짝사랑했던 남자의 사진이었다.

작년 크리스마스이브 수족관에서 공주님 안기 콘테스트가 끝난 후 몰래 촬영했는데 아사히에게 들킨 건 통한의 실수였다.

"그래, 유우히는 케이의 사진을 싱글싱글 보고 있었구나."

"시, 시끄러워……."

아니나 다를까 이 언니는 즐거운 듯 여동생을 놀리기 시작했다.

"그럼 넌 전혀 떨쳐버리지 못한 거야?"

"아, 아니거든?!"

"실연한 남자를 못 잊다니, 전직 날라리라고는 생각할 수 없는 순정파 같은걸."

"전직이고 뭐고, 난 처음부터 날라리가 아니었거든……."

"아하하, 허세를 부리면서 경험이 풍부한 것처럼 행동한 것뿐이었지."

"흥, 짓궂은 아사히가 정말 싫어."
"미안, 미안. 유우히가 귀여워서 나도 모르게 놀리고 말았네."
"정말……."
미안하다고 하면서 손을 맞대는 행동이 귀여웠다.
이렇게 미워할 수 없는 모습이 우리 언니지만 치사하다고 생각했다.
"어쨌든 정말 아니야. 케이는 내 마음에 위안을 주는 존재랄까……보고 있기만 해도 만족스럽달까……지금 유행하는 최애? 같은 느낌이야."
"케이, 뜻밖의 아이돌 취급."
"게다가 케이에게는 좋아하는 사람이 있어."
"그래, 그거!"
"응? 뭐?"
"얼마 전엔 얼버무렸는데. 결국 케이가 좋아하는 사람이 누구야? 이브에 데이트했던 애?"
"아……."
잠시 생각에 빠졌던 유우히는 집게손가락을 입술에 가져다 댔다.
"뭐, 그건 비밀."
"뭐? 언니는 궁금해서 못 참겠는데……."
"정말……그럼 힌트만."

풀죽은 아사히에게 '어쩔 수 없다'고 웃으며 힌트를 던졌다.
"그 아이는 이 세상에서 케이를 가장 좋아하는 여자애야."
"……뭐? 그게 다야?"
"결코 틀리진 않았다고 생각하는데?"
"그래서야 전혀 모르겠잖아!!"
"귀여운 여동생을 실컷 놀린 벌이랍니다."
"말도 안 돼!!"
보너스 힌트는 이제 끝.
여전히 기운 넘치는 언니에게 쓴웃음을 지으며 유우히는 『사진』을 바라보고 오도카니 중얼거렸다.
"케이는 지금쯤, 뭐 하고 있을까……?"

◇

케이, 즉 키류 케이키가 현재, 뭘 하고 있냐면――.
"이런 게 용납될 거라고 생각해? 애처로운 남자를 여럿이서 꽁꽁 묶다니……."
유이카가 던진 폭탄 발언 이후, 그는 서예부실 의자에 묶였다.
의자에 앉은 상태에서 줄넘기 줄에 빙글빙글 묶여서 완전히 움직임이 봉쇄된 남자를 서예부 여자 4인방이 둘러싼 이상한 광경.

대우가 완전히 죄인을 대하는 그것이었지만 맹세코 나쁜 짓은 하지 않았다.

"후후후, 꼴사나운 차림이네요. 잘 어울려요, 케이키 선배♪"

"그거 고맙네……."

즐거워 보이는 S 성향을 지닌 소녀의 미소가 얄미웠다.

지금 당장 줄로 묶고 그 작은 엉덩이를 찰싹찰싹 때려주고 싶었다.

실제로 묶인 건 이쪽이라 아무것도 할 수 없었지만.

"그래서 키류가 좋아하는 사람이 누구야? 대답에 따라서는 용서 안 할 거야……."

"자, 자, 빨리 불지 않으면 못된 장난을 칠 거예요."

"히이이익?!"

마오와 유이카 두 사람이 다그쳤고 가엾은 포로가 비명을 질렀다.

두 사람 다 눈에 핏발이 서 있었다.

콧김을 거칠게 내쉬는 게 명백하게 정상이 아니었다.

이대로는 도저히 입 밖으로 내뱉을 수 없는 잔혹한 고문을 받을 것 같았다.

바지를 벗기거나 방금 벗은 팬티를 입에 물리거나 가슴으로 질식시키려 하거나, 도저히 웃어넘길 수 없는 짓을 태연히 해내는 녀석들이었다.

지금까지 그녀들에게 당한 변태 플레이들을 떠올리자 온몸이 떨렸다.

"윽, 미즈하……!"

자백하지 않으면 당한다――.

그렇게 확신한 케이키는 여동생에게 도움을 요청했다.

(미즈하는 구해주겠지?!)

미즈하는 케이키의 동생 바보 못지않은 중증 오빠 바보였다.

정말 좋아하는 오빠를 배신하진 않을 것이다.

"미안, 나도 알고 싶어."

"미즈하아아아아?!"

남매의 인연은 호기심 앞에선 무력했다.

아무래도 이 자리에 아군은 없는 것 같았다.

"자, 케이키 선배?"

"이제 그만 포기해."

"자백하면 편해질걸?"

유이카와 마오, 마즈하 세 사람에게 압박당해 절체절명의 위기를 맞았다.

이대로라면 그녀들에게 남자의 순정을 희롱당하고 말 것이다.

"저, 저기? 이제 그만하면 안 돼? 케이키도 싫어하는 것 같고……."

"사유키 선배?"

위기적인 상황 속에서 그들을 말린 건 지금까지 한 발 떨어진 위치에서 상황을 지켜보고 있던 사유키였다.

"별일이네요, 마녀 선배가 그런 말을 하다니. 평소라면 솔선해서 참가할 텐데."

"그, 그건 그렇지만……."

유이카의 추궁에 겸연쩍은 듯 사유키가 머뭇거렸다.

분명 평소의 그녀라면 나서서 심문에 참가했을 것이다.

(혹시 내가 고백에 대한 답을 보류하고 있기 때문에……?)

고백의 답이 어느 쪽이든 여기서 케이키가 좋아하는 사람이 판명되는 건 곤란하다고 생각한 걸지도 모른다.

하지만 그런 상급생의 사정 따위 유이카가 알 리 없었고——.

"뭔가 수상하네요……."

"수, 수상하지 않거든?"

"흐——음……?"

의심스럽다는 표정으로 사유키를 관찰하는 유이카.

이윽고 무슨 생각을 한 것인지 '뭐, 됐어요'라고 중얼거리며 그 파란 눈동자를 다시 케이키에게로 돌렸다.

"그럼 질문을 바꿀게요."

"뭐?"

"케이키 선배가 좋아하는 사람이 이 중에 있나요?"

"뭐?!"
그 질문은 곤란해.
어떻게 대답해도 으르렁댈 테니까.
"케이키……."
역시 이건 궁금한 건지 아군이 되어주는 듯했던 사유키도 면목 없다는 듯 케이키를 바라보았다.
(유이카 녀석……!)
"아핫♪"
무력한 남자 선배를 몰아붙이며 즐거운 듯 유이카가 웃었다.
상대를 곤란하게 만들며 즐거워하는 그 모습은 정말 도S 그 자체.
원래 컨디션을 되찾아서 기쁘기도 하고 밉살스럽기도 하고.
(아니, 정말 이제 어쩌지……?)
상황은 압도적으로 불리했다.
질문에 답하지 않으면 지독한 일을 당하는 게 확실했지만 케이키에게도 남자로서의 자존심이 있었다.
(이런 식으로 좋아하는 아이를 밝히긴 싫어. 고백할 거면 단둘이 있을 때, 가능하면 로맨틱한 상황에서 마음을 전하고 싶어!)
그럼 여기서 좋아하는 사람을 알리는 건 NG.

궁지에서 벗어날 꾀가 필요했다.

(어떻게든 해서 도망치고 싶은데…….)

역시 묶인 상태에서 도주하는 건 불가능했다.

자백하면 아수라장, 가만히 있으면 변태 소녀들에 의한 비정상적인 처벌 플레이 풀코스가 기다리고 있었다.

(이제 다 틀린 건가…….)

솔직하게 말해 외통수에 몰렸다.

그런 케이키에게 구원의 손을 내민 존재는, 팬티 한 장 차림으로 사진 찍히는 정도의 굴욕은 받아들일까――라는 도착적인 각오를 장전한 바로 그때 등장했다.

"――실례합니다."

"후지모토?!"

서예부로 들어온 건 학생회장인 후지모토 아야노.

억양 없는 인사와 함께 등장한 여학생이 서예부실 중앙 의자에 묶인 케이키를 발견하고 '뭐지?'하고 고개를 갸웃거렸다.

"심문놀이?"

"대충 맞아."

"지금 키류 상태라면 원하는 만큼 충전할 수 있을 텐데 도와줘야 할까?"

"제발 부탁드립니다! ……응? 후지모토 지금 원하는 만큼 충전한다고 했어?"

“사이가 좋은 건 좋지만 묶는 건 안 된다고 생각해.”
지당한 말이었다.
하지만 서예부에 그런 상식이 통용되는 여학생은 없었다.
당연히 그녀들이 얌전히 물러나지도 않았고 이번 사건의 주범인 마오와 유이카가 아야노에게 대들었다.
“미안하지만 이건 키류와 우리 사이의 문제니까.”
“맞아요! 외부인은 물러나세요!”
“저항할 거면 학생회 권한으로 서예부 부비를 삭감하겠어.”
““죄송했습니다!””
승부는 어이없이 끝을 맞이했다.
서예부 부비 덕분에 다양한 혜택을 받은 부원들이 학생회를 거스를 수 있을 리가 없었다.
이리하여 권력에 굴한 부원들의 손에 의해 케이키는 무사히 해방되었다.
“고마워, 후지모토. 덕분에 살았어.”
“인사는 됐어. 용건이 있어서 온 것뿐이니까.”
“용건?”
“서예부 부장 변경 신청서가 도착하지 않아서, 참고로 다른 부는 모두 다 냈거든.”
“……사유키 선배?”
“미안해. 깡그리 잊고 있었어.”
“그런가요……?”

뭐, 깜빡했다면 어쩔 수 없지.

이쪽이 상황을 파악하고 있는데 아야노가 말을 이었다.

"가능하면 빨리 새로운 부장을 결정했으면 좋겠는데."

"새로운 부장이라……."

"부장이라면 케이키가 괜찮지 않아?"

"네? 저요?"

사유키의 제안에 다른 부원들로부터도 찬성의 소리가 울려 퍼졌다.

"유이카도 케이키 선배가 좋다고 생각해요."

"난 부장이 될 주제가 못 돼."

"나도 마찬가지야."

"뭐, 모두가 괜찮다면 나도 괜찮긴 한데."

특별히 거절할 이유도 없었다.

서예부 안에서는 사유키 다음가는 고참이라 할 수 있으니.

"그럼 수속이 필요하니까 학생회실로 와주겠어?"

"뭐? 후, 후지모토……?"

말하자마자 케이키 팔에 꽉 매달리는 후지모토.

""""""?!""""""

학생회장의 폭거에 서예부 여학생들에게서 노골적인 살기가 느껴졌다.

구체적으로 말하면 굉장히 불만스럽게 노려보았다.

"그럼 레츠고——."

"후지모토, 잠깐만?! 역시 이건 좀 부끄러운데!"

팔을 붙잡힌 채 억울한 듯한 여자부원들을 곁눈질하며 케이키는 서예부에서 끌려나왔다.

다른 임원들은 다 나간 듯 학생회실에는 아무도 없었다.

소파에 앉으라는 권유에 따르자 아야노가 한 장의 서류와 펜을 갖고 와서 케이키 옆에 앉았다.

"여기에 소속 반이랑 이름을 써."

"알았어."

특별히 어려운 서류는 아니었다.

서둘러 필요 사항을 써내려 갔고 눈 깜짝할 사이에 수속은 끝났다.

"수고했어. 나머지는 여기서 처리할게.""미안, 사유키 선배가 깜빡한 모양이야."

"괜찮아. 굳이 말하자면 부장에 대한 안건은 덤이니까."

"응? 무슨 뜻이야?"

"……."

그 질문에는 답하지 않은 채 자연스럽게 몸을 케이키에게로 기댄 아야노는 전혀 관계없는 이야기를 시작했다.

"그런데 키류. 지금 다른 임원들은 일이 있어서 다 나가고 없어."

"그런 것 같네."

"다들 당분간 돌아오지 않을 거야."

"그, 그렇구나……."

"그러니까――지금이라면 누구에게도 방해받지 않을 거야."

뭔가 불온한 말을 중얼거리며 아야노가 케이키 가슴에 가만히 손을 얹었다.

갑작스러운 바디터치에 놀란 것보다 먼저 그대로 부드럽게 몸이 밀려서 소파에 쓰러지고 말았다.

"잠깐, 후지모토?! 대체 뭘――."

"부탁이야, 키류……."

달콤하게 속삭이는 듯한 목소리가 케이키의 대사를 가로막았다.

남자를 깔고 앉은 아야노가 간원하듯 말을 이었다.

"아무 말 하지 말고 내가 시키는 대로 해."

"시키는 대로……?"

"난 이제 못 참겠어……키류를 갖고 싶어서 못 참겠어……."

"후지모토?!"

"키류……."

무언가를 기대하는 듯 촉촉해진 눈동자.

열에 들뜬 듯 붉게 물든 뺨.

완전히 발정 난 소녀가 넥타이를 풀고 사랑을 확인하려는 듯 뜨거운 포옹을 하자 케이키가 '꺄아아아아악?!' 하고 소녀 같은 비명을 질렀다.

이대로는 소중히 지켜왔던 동정을 빼앗기고 말 것이다.

애처로운 남자가 자신의 정조에 대해 이것저것 생각하던 그때, 애정이 듬뿍 담긴 포옹을 선사한 아야노가 어리광 부리듯 케이키의 가슴에 얼굴을 묻었다.

"킁킁……후우……역시 키류의 냄새는 최고야……."

"……응, 뭐, 이럴 줄 알았어."

케이키가 맛본 건 마음속으로 상상했던 새콤달콤한 첫 체험이 아니라 이성에게 체취를 전부 빼앗기는 수치 플레이였다.

아무래도 그녀의 목적은 처음부터 케이키의 체취였던 모양이다.

"하아, 행복해……이제 내일 업무도 열심히 할 수 있겠어."

"잘됐네……."

죽은 생선 같은 케이키와는 대조적으로 아야노는 만족하며 기뻐했다.

"충전 끝났으면 이제 그만 놔줬으면 좋겠는데."

"거절할게."

"거절당했어?!"

"오늘은 키류에게 어리광 부리고 싶은 날이니까."

"변덕스러운 고양이 같은 말을 꺼냈어."

"가능하면 이대로 머리를 쓰다듬어줬으면 좋겠어."

"맥락이 없잖아……아니, 하지만 역시 그건 좀……."

기서 숨겨줄게. 동아리실로 돌아가면

만의 준비를 하고 기다릴 텐데."

듬겠습니다!"

가갈 용기는 케이키에게 없었다.

미래밖에 보이지 않았으니까.

학생회실에 있고 싶었다.

런 느낌은 어떠신가요?"

로 회장 업무로 수고한 아야노 씨를 위

에 성의를 담아 머리를 쓰담쓰담 쓰다

서 이런 말 하긴 좀 그렇지만 이건 꽤

착한 상황에서 두근거리지 않을 리가

청 좋은 냄새가 나……머리는 찰랑거

는 목소리가 너무 귀엽고……뭐랄

이상한 기분이 들었다.

"모처럼 왔으니까 키류의 냄새를 충분히 맡아둬야지. 큥큥."

"충분히 맡아둔다는 말은 처음 듣는데."

뭐, 아무리 좋은 생각을 하려고 해도 전력을 다해 체취를 빼앗기는 현재 상황과의 트레이드였기 때문에 달콤한 기분 따위 한순간에 산산조각 나고 말았지만.

그러는 동안 케이키의 가슴에 아야노가 가만히 이마를 댔다.

"……역시 좋아."

"나의 체취가 그렇게 대단해?"

"냄새도 그렇지만……."

"응?"

머리를 쓰다듬던 손을 멈추고 시선을 아래로 떨구자 눈이 마주친 아야노가 '역시 아무것도 아니야'라며 고개를 저었다.

"키류, 한 가지 물어봐도 돼?"

"뭔데?"

"아까 부실에서 그랬잖아, 좋아하는 사람이 있다고……."

"아……."

방금까지 서예부에서 주고받던 의제였다.

아무래도 복도까지 목소리가 들린 모양이었다.

"의외였어. 키류는 하렘을 목표로 하고 있다고 생각했으니까."
"날 얼마나 최악의 남자라고 생각한 거야?"
"비교적 근거는 있어. 아까도 부실에서 모두와 친하게 지냈고."
"내가 일방적으로 묶여 있었던 것뿐이었는데……."
그게 친하게 지내는 것처럼 보였다면 안과에 가보는 게 좋을 것 같았다.
"하나 더 물어봐도 돼?"
"뭐, 뭔데……?"
"키류가 좋아하는 사람이 서예부 부원이야?"
"아……."
순간 말할지 말지 망설였다.
그녀라면 말을 퍼뜨리지 않을 거라고 판단하고.
비밀이라는 걸 알려주기 위해 입 앞에 집게손가락을 가져다 댔다.
"모두에겐 비밀이야."
"……그래?"
잠깐 머뭇거리다 아야노가 작게 중얼거렸다.
그렇게 미소 짓던 그녀는 왠지 좀 쓸쓸해 보였다.
"참고로 말인데 키류가 좋아하는 사람은——."
아직 팔에 매달린 채 아야노가 다시 한번 무언가를 말하

려던 순간,

"——케이키!!"

호쾌하게 문을 열어젖히고 사유키가 안으로 들어왔다.

그 뒤로 줄줄이 서예부 동료들을 거느리고.

"좀 늦는 것 같더니 역시 이런 짓을 하고 있었네……."

"오빠의 불륜 현장을 목격하고 말았어……."

"키류, 너라는 녀석은……"

"케이키 선배, 최악이에요……."

"오해야! 이건 아니야!"

무죄를 주장해봤지만 아야노가 매달린 상태에서 말해봐야 설득력은 전무했다.

질 나쁜 정치가가 내뱉는 '기억나지 않습니다'라는 대사와 마찬가지로 믿기 힘들었다.

"저기, 후지모토……."

"왜?"

"모두의 오해를 푸는 것 좀 도와줄래?"

"흐——음, 난 몰라."

"아까는 도와줬으면서?!"

이 몇 분 사이에 어떤 심경의 변화가 있었던 걸까.

(아니, 이 사람, 언제까지 안겨 있을 거야?)

진지하게 말하자면 현시점에선 누구와도 교제하고 있지 않기 때문에 불륜이라고 할 순 없지만 그런 변명이 통할 리

없었다.

거칠어진 변태 소녀들을 달래는 것 또한 힘들었다.

그날 밤, 케이키는 자기 방에서 쇼마와 전화 회담을 하고 있었다.

『아하하, 그건 정말 재난이었네.』

"정말. 유이카 때문에 엄청 힘들었다니까."

의자 등받이에 몸을 기대고 본인이 어떻게 궁지에서 탈출했는지를 보고했다.

드물게 케이키가 먼저 전화를 한 건 단 하루 동안 너무 많은 일이 생겨서 그냥 누군가에게 알리고 싶었기 때문이었다.

『뭐, 그만큼 코가에게 사랑받는다는 뜻 아니야? 좋아하는 아이에겐 짓궂게 구는 법이니까.』

"그런가……?"

『난 짓궂게 굴었을 때 곤란한 표정을 짓는 코하루도 좋아하거든.』

"아――, 대충 알 것 같아. 분명 귀엽겠지."

그건 그렇고 실제로 유이카가 내뱉은 폭탄 발언의 뒤처리는 정말 쉽지 않았다.

그 자리에선 어떻게든 얼버무렸지만 다들 납득은 하지 않았을 것이다.

참고로 왜 그런 말을 했냐고 본인을 추궁했을 때 돌아온 메시지가 이것이었다.

『차인 분풀이로 좀 짓궂게 굴고 말았네요♪』

귀여운 건지 밉살스러운 건지 판단하기 곤란한 문장이었다.

전혀 주눅 들지 않았다는 것만은 전해지지만.

“뭐, 일어나버린 일이야 어쩔 수 없지. 유이카의 폭탄 발언에 대해선 일단 잊고 앞으로의 일을 생각하는 게 더 건설적이겠지.”

『오오, 긍정적이네.』

“어쨌든 전부 끝나면 모두에겐 전할 생각이었으니까.”

『흐음…….』

전화 너머에서 무언가를 알아차린 듯 쇼마가 맞장구를 쳤다.

『그래, 케이키도 결심했구나.』

“뭐, 계속 보류해둘 수도 없잖아.”

『얼마 전까지 변태는 사절이라고 했으면서.』

“지금도 그 의견은 변하지 않았어. ……다만 좋아한다는 사실을 자각하니까 좀 특이한 취미를 갖고 있는 것 정도는 아무렇지도 않더라고.”

쇼마와 코하루도 그랬다.

쇼마는 코하루의 스토커 같은 모습을.

코하루는 쇼마의 로리콘인 모습을.

서로 허용하고 서로 인정하며 함께 있었다.

상대의 장점과 단점까지 전부 받아들이고 다소의 일에는 꿈쩍도 하지 않게 되는 마음을 사람들은『사랑』이라고 부르는 걸지도 모른다.

『잘 됐으면 좋겠다.』

“그러게.”

변태는 사절이라는 슬로건을 내걸었던 케이키가 그 신념을 굽히면서까지 함께 있고 싶은 상대를 찾았다.

이 사랑은 어떻게 해서든 성취시키고 싶었다.

그걸 위해서라도 밟아야 할 절차가 남아 있었다.

“가까운 시일 내에 고백해야지. ——이번에는 내가 먼저.”

쇼마와의 회담을 끝낸 후 케이키는 목욕을 하기 위해 욕실로 걸음을 옮겼다.

재빨리 몸을 씻고 뜨거운 물에 몸을 담갔다가 욕실을 나와 실내복으로 갈아입은 후 온 김에 양치를 끝내고 탈의실을 나왔다.

이제 잠들기만 남은 완벽한 컨디션.

오늘 있었던 문제는 전부 자면서 잊어버리자.

그런 결의를 다지며 2층으로 올라가 본인의 방문을 열었을 때 침대 위에 따뜻해 보이는 파자마 차림의 여동생이 오도카니 앉아 있었다.

"미즈하?"

"오빠……."

무릎을 꿇고 앉아 가슴으로 본인의 베개를 끌어안은 미즈하가 진지한 얼굴로 오빠를 바라보았다.

"갑작스럽지만 오빠의 침대는 제가 점거했습니다."

"뭐? 정말 갑작스럽네……."

"물론 점거한 이 침대 사용권은 나에게 있습니다. 하지만 난 관대하니까 영지의 반을 제공할 순 있어요."

"즉?"

"오늘은 오빠랑 함께 자고 싶습니다."

"뭐, 베개를 지참한 시점에서 예상은 했지만……."

"……안 돼?"

"남매라고 해도 역시 남녀가 같은 침대에 눕는 건 좀 그럴 것 같은데."

"지금까지 몇 번이나 같이 잤잖아."

"뭐, 그렇긴 하지만."

그 말을 꺼내면 끝이었다.

"알았어. ……하지만 잠들었을 때 날 덮치면 쫓아낼 거야."

"와――아."

허락을 얻은 침략자가 침대에 엎드려 다이빙했다.

"너무 움직이면 먼지 날려."

"네——에. ……오빠, 이제 잘 거야?"

"그러려고 했는데."

"그럼 오빠도 여기로 와."

"그렇게 말 안 해도 내 침대거든."

처음부터 사양할 생각은 없었다.

불을 끄고 당당하게 여동생 옆에 드러누웠다.

"후훗. 오빠, 따뜻하다."

"방금 목욕했으니까."

온몸이 따끈따끈했다.

그러자 둘이서 덮은 이불 속에서 미즈하가 가만히 가슴에 매달렸다.

"……오빠가 아무 데도 안 가도록."

"이제 조난될 일 없으니까 안심해."

설산에서의 조난 사건 이후, 미즈하는 유달리 옆에 있고 싶어 했다.

거실에서 TV를 보고 있으면 아무 말 없이 옆에 앉아 어깨를 기대기도 하고.

볼일도 없는데 방에 들어와서 침대에 앉아 만화책을 읽기도 하고.

그것들은 이전부터 있었던 행동이었지만 그 빈도가 명백하게 늘어났다.

케이키가 씻고 있는 동안 탈의실에서 기다린 적도 있었지만 역시 불안해서 그건 관두라고 했다.

오늘 이 행동도 조난 사건 때문인 것 같은데…….

"그게 아니라……."

"응?"

"오늘 유이카가 했던 말……."

"그 이야기 때문이었어……?"

유이카의 폭탄 발언에 의한 문제는 해결되지 않았다.

귀가한 이후에는 한 번도 언급하지 않았지만 미즈하가 궁금해하지 않을 리가 없었다.

"있어? 좋아하는 사람?"

"상상에 맡깁니다요."

"그럼 있다고 가정하고 이야기할게."

오빠에게 좋아하는 사람이 있다고 가정하고 미즈하가 말을 이었다.

"그건 나에게도 비밀이야?"

"뭐, 조만간 말할게."

"그래……?"

이야기해도 되지만 거기엔 절차가 필요했다.

유이카의 폭주 때문에 밝혀지고 말았지만 그 전에 끝내야 할 일이라든가, 마음의 준비 같은 여러 가지가 필요했다.

"그럼 내가 먼저 묻진 않을게. ……대신 한 가지만 말하게 해줘."

"응?"
"오빠에게 팬티를 보여줘도 되는 건 나밖에 없어."
"그게 무슨 고백이야?!"
"오빠는 내 팬티에만 흥분하면 돼."
"그게 무슨 요구야?!"
"특별한 의미는 없어. 결의 표명 같은 거니까."
"결의 표명이라니."
점점 의미를 알 수 없게 되었다.
하지만 그녀는 만족한 듯 순수한 미소를 보여주었다.
"오늘은 그게 다야. 잘 자, 오빠."
"아, 으응…… 잘 자……."
"그리고 정말 좋아해."
"뭐……?"
기습적으로 정말 좋아한다는 말을 듣고 말았다.
미즈하는 끌어안기 공격을 해제하고 등을 돌리기는 했지만 침대에서 나갈 생각은 없어 보였다.
"……잘 자, 미즈하."
질투가 심한 귀여운 여동생에게 한 번 더 잘 자라는 인사를 건네고 케이키도 가만히 눈을 감았다.

◇

다음 날 방과 후, 부실 앞 복도에서 케이키는 스마트폰을 확인했다.

"사유키 선배에게서 답장이 안 오네……."

아침에 메시지를 보냈는데 그 이후 답장은 전혀 없었다.

전화를 걸어도 연결이 되지 않았다.

스마트폰 충전이 안 된 건가, 혹은 집에 두고 온 건가?

가끔 얼빠진 행동을 하는 그녀 성격상 둘 다 가능했지만 폰으로 연락이 안 되는 건 생각보다 불편했다.

"중요한 말을 해야 하는데……."

오늘 케이키는 고백에 대한 답을 할 생각으로 등교했다.

그런데 이럴 때 하필이면 그녀는 소식불통.

아무리 시간이 흘러도 부실에도 안 오고, 이렇게 되면――.

"찾아볼까?"

기한이 있는 건 아니지만 어제 그 폭탄 발언도 있었으니 가능하면 오늘 중에 결판을 내고 싶었다.

가방을 부실 의자에 놔두고 한결 가벼워진 케이키는 교내 탐색에 나섰다.

넓은 학교 건물 안을 우선 동아리실 건물부터 교실이 있는 건물로 이동하며 찾아다녔다.

"전에도 사유키 선배를 찾아다닌 적이 있었지."

신데렐라의 정체가 사유키라고 믿었을 무렵, 상대는 본인의 특수 성벽을 들켰다 착각하고 이쪽을 피해 다닌 탓에 어쩔 수 없이 상급생을 쫓아다녔었다.

결국 사유키는 신데렐라가 아니었고 그녀의 변태 취미만 발각되었을 뿐이었지만.

"……."

이렇게 학교 안을 돌아다니면서 깨달았다.

사유키와 아침 인사를 나눴던 승강구도.

처음 그녀에게 벽치기를 시도했던 통로도.

메이드 카페 메뉴로 오므라이스를 만들었던 교실도.

청초한 팬티를 과시했던 두 건물을 잇는 복도도.

이곳저곳에 그녀와 보낸 추억이 있었고, 최근 것부터 그리운 기억까지 지금도 퇴색되는 일 없이 떠올릴 수 있다는 사실을.

"정말 2학년은 눈 깜짝할 사이에 지나가는구나……."

고등학교 1학년 때는 평화롭고 평온한 시기를 보냈다.

서예부에 찾아가게 되고, 도서위원회 업무를 맡고, 테스트를 통과하는 등 별로 특별한 것 없는 평범한 스쿨 라이프를 만끽했다.

2학년이 되면서 신데렐라가 떨어뜨리고 간 팬티가 첨부된 연애편지를 시작으로 시끄러운 날들이 찾아왔다.

잇따라 모두의 변태 성향이 발각되고.

유이카와 마오가 서예부에 입부하고.

최종적으로 미즈하까지 참가하고.

서예부실이 북적이게 된 후 왠지 사유키가 미소를 보여주는 횟수가 늘어난 것 같았다.

그게 케이키에겐 기뻤다.

그런 변화를 느낄 될 정도로 항상 그녀를 눈으로 좇고 있었다는 사실을 마지막의 마지막까지 깨닫지 못했다.

"……없네."

3학년 교실에서도 사유키의 모습은 보이지 않았다.

신발장을 체크했을 때 실내화가 있는 걸로 봐서 건물 안에는 있는 것 같은데…….

"응? 저건……."

부실로 돌아갈까 망설이고 있는데 복도 끝에 카메라를 든 여학생의 모습이 보였다.

머리를 늘어뜨리고 후드가 달린 파카를 걸친 작은 체격의 소녀.

사유키처럼 청색 치마를 흩날리며 걷는 그녀의 뒤를 쫓았다.

"코하루 선배, 안녕하세요."

"아아, 키류. 안녕하세요."

말을 걸자 뒤를 돌아본 코하루가 천사의 미소를 보여주었다.

"지금부터 쇼마 촬영하러 가세요?"

"촬영은 이미 끝났고 지금부터 천문부에서 현상 작업을 하려고요. ——아, 키류도 같이 갈래요? 쇼마의 브로마이드 비평회도 할 건데."

"사양할게요. ——그보다 사유키 선배 못 보셨어요?"

"토키하라 말이에요?"

"네에, 선배랑 연락이 안 돼서."

"아니, 저는 못 봤는데요."

"그래요……?"

"아, 하지만——."

포기하려던 케이키에게 뭔가 떠올랐다는 듯 코하루가 말했다.

"토키하라가 갈 만한 곳이라면 짐작 가는 곳이 있어요."

코하루의 조언에 따라 도서실을 시찰해보니 창가 테이블 자리에 애타게 찾던 인물이 자리하고 있었다.

"공부하나?"

책상과 마주한 사유키에게 다가가 보니 그녀가 몰두하고 있는 건 수학 문제집.

뒤에 선 후배를 알아차리지 못한 채 묵묵히 수식을 풀고 있었다.

토키하라 사유키는 노력파였다.

사람들 앞에서는 공부하지 않는 척 가장을 하지만 아무런 노력 없이 상위 성적을 유지할 순 없었다.
다만 그녀는 노력하는 모습을 남들에게 보여주는 걸 부끄럽게 여겼다.
태연히 속옷을 과시하는 주제에 그런 부분에선 고상했다.
그러니까 부실이 아니라 도서실에서 공부하고 있겠지.
"그보다 날 전혀 눈치 못 채네……."
용건이 있는 건 사실이었지만 공부를 방해하고 싶진 않았다.
따라서 옆자리에 앉아 기다리기로 했다.
수식을 봐도 유쾌하지 않았기 때문에 자연스럽게 그녀에게로 눈길이 갔다.
(예쁘다…….)
습자지를 마주할 때처럼 눈앞의 과제에 집중한 진지한 옆모습.
서예부 활동 때와 다른 건 긴 머리를 늘어뜨리고 있다는 것과 앉아 있는 곳이 다다미 위가 아니라 도서실 의자라는 것 정도.
"……."
그 옆모습이 기억 속 그녀와 겹쳐졌다.
항상 부실에서 이 옆모습을 지켜봤다.
다다미와 먹 냄새가 진동하는 그 방에서 그녀가 날 알아차리고 놀릴 때까지.

지금처럼 옆에 앉아 질리지도 않는지 계속 바라봤었다.

"……후우."

끝내기 좋은 타이밍까지 진행한 것인지 갑자기 사유키의 손이 멈췄다.

이어서 양팔을 과감하게 번쩍 들어 올리고는 '으응~'이라는 관능적인 목소리를 내며 기지개를 켰다.

그런 짓을 하면 당연히 멋진 가슴 부분이 훨씬 더 강조될 텐데.

기대한 대로 두 개의 풍만한 과실이 출렁거리며 흔들렸다.

"오오……."

멋진 절경을 마음 속 앨범에 보존한 직후 드디어 그녀가 시선을 옆으로 돌렸고, 의자에 걸터앉은 후배를 확인했다.

"어머, 케이키잖아."

"수고 많으십니다, 사유키 선배."

"언제부터 거기 있었어?"

"10분 정도 전부터요."

"말을 걸지 그랬어."

"공부를 방해하면 안 될 것 같아서요."

"그렇게 사양 안 해도 케이키를 위해서라면 얼마든지 시간을 낼 텐데."

"그럼 지금부터 잠시 시간 좀 내주시겠어요?"

"뭐?"

"사유키 선배에게 꼭 해야 할 말이 있어요."
"해야 할 말……."
그게 의미하는 걸 깨달은 모양인지.
그녀는 잠시 숨을 삼키며 자세를 고친 후 고개를 끄덕였다.
"알았어……."

사유키를 데리고 온 곳은 중앙 정원이었다.
주변이 학교 건물로 둘러싸인 학생들의 쉼터.
하지만 학생들이 이용하는 시기는 주로 초봄부터 가을까지로 2월이 다가오는 이 시기엔 다른 이용자의 모습은 보이지 않았다.
역시 상의를 안 입으면 좀 추웠지만 오래 이야기할 생각은 없으니 문제없겠지.
여긴 처음으로 그녀와 만난 장소였다.
고등학교에 입학했을 때 집에 가려고 복도를 걷다 이 중앙 정원에 우두커니 서 있던, 굉장한 미모에 가슴도 큰 상급생을 발견했다.
우연한 순간에 생각나는 게 있었다.
그날, 이 장소에서 그녀를 만나지 않았다면 어떻게 됐을까.
만약 중앙 정원 벤치에서 울 것 같은 상급생을 발견하지 못했다면.
만약 그녀에게 말을 걸지 않았다면.

만약 서예부에 들어가지 않았다면.

어느 것이든 하나라도 놓쳤다면 그녀와 그 동아리실에서 시간을 보내는 일은 없었을 것이고 개성적인 부원들에게 둘러싸여 즐거운 매일을 보낼 일도 없었겠지.

그러한 의미에선 케이키의 고교 생활은 여기서 시작됐을지도 모른다.

그렇기에 그녀의 고백에 답할 거라면 이 중앙 정원밖에 없다고 생각했다.

"시간 빼앗아서 죄송해요."

"괜찮아."

두 사람이 처음 만난 벤치 앞에서 긴장한 얼굴로 사유키가 바라보고 있었다.

"고백에 대한 대답, 들려줄래?"

"네."

자세를 고쳐 잡고 정면에서 그녀와 마주 보았다.

숨을 한 번 내쉰 후 자신의 속마음을 말로 표현했다.

"전 사유키 선배를 매력적인 여성이라고 생각해요."

"뭐……?"

"사유키 선배는 제가 계속 동경하던 선배였어요. 아름답고 착하고 청소나 운동은 좀 서툴지만 그런 점도 귀엽고——."

사유키는 착한 사람이었다.

만날 때마다 싸우는 유이카도 뒤에서는 늘 배려해주고.

노력파에 우수한데 공적을 과시하지 않는 고상함도 있었다.

게다가 눈이 번쩍 뜨일 정도의 미인이라니, 좀 치사했다.

"그래서 그런 사유키 선배가 날 좋아한다고 했을 때 정말 기뻤어요."

"케이키……."

첫 참배를 갔던 날, 집에 초대한 그녀의 마음을 듣고 말았다.

그 이후, 많은 일이 있었고 다시 한번 그녀에게서 '사귀자'는 고백을 받았을 때도 한동안 두근거림이 멈추지 않았다.

"그 이후 계속 선배를 의식한 탓에 설산에서 조난당할 뻔하고 산속 오두막집에서 같은 모포를 덮었을 때는 계속 두근거렸어요."

지금 생각하면 속옷 차림으로 몸을 맞대는 건 꽤 아찔한 상황이었다.

그 일을 떠올리며 사유키가 피식 웃었다.

"그때 케이키, 얼굴 새빨개져서 귀여웠어."

"선배도 새빨개졌었잖아요."

잠시 이야기가 옆길로 샌 것 같아 다시 본론으로 돌아갔다.

"그때, 선배가 날 믿어줘서 기뻤어요. 연하에 후배인데도 정말 대등하게 한 사람의 남자로 봐준다는 걸 알았으니까."

그렇게 생각하면 뭔가 그녀가 굉장히 사랑스럽게 느껴지

곤 했다.
그 상황에서 어깨에 머리를 기댄 건 반칙이라 느껴질 정도로 귀여웠다.
무엇보다 미인이 의지한다는데 기쁘지 않을 남자는 없었다.
역시 창피해서 굳이 말은 못 했지만 그게 본인의 마음을 짐작하는데 큰 포인트가 된 건 틀림없었다.
"응? 난 케이키를 여자라고 생각한 적 없어."
"그렇겠죠."
"가끔 연약하다고 생각한 적은 있지만."
"참고로 어떤 장면에서?"
"듣고 싶어?"
"역시 됐어요."
굳이 직접 나서서 상처받을 필요는 없었다.
"이야기를 들어보니 케이키는 꽤나 날 사모하고 있는 것 같은데."
"맞아요. 가끔 너무 변태 같아서 정색할 때도 있지만."
"그럴 땐 '변태 같은 선배도 멋지고 귀여워요'라고 해야지."
살짝 토라진 듯 사유키가 뺨을 부풀렸다.
이런 모습이 귀여워서 나도 모르게 놀리게 된다.
(역시 선배랑 있으면 즐거워…….)
그녀와 있으면 하나도 지루하지 않았다.

이 사람과 사귀면 분명 이런 식으로 매일이 즐겁겠지.

둘이서 장난치고.

똑같이 서로 사랑하고.

시시한 일로 싸우다가도 바로 화해하고.

그런 식으로 계속 서로를 좋아하는 마음 그대로.

나란히 손을 잡고 행복한 미래로 걸어갈 수 있을 것 같았다.

이성을 향해 이런 마음을 품은 건 처음이었다.

"지금까지 몰랐는데……."

그 사실을 깨닫는데 꽤 시간이 걸렸지만——.

"난 훨씬 전부터 사유키 선배를 좋아했어요."

최근 키류와 부장의 모습이 좀 이상했다.

방과 후 서예부 부실에서 의자에 걸터앉아 원고를 마주한 마오는 그런 생각을 하면서 둘의 모습을 훔쳐보고 있었다.

"사, 사유키 선배?! 이건 무슨 생각이에요?!"

"어머, 부끄러워 안 해도 되잖아. 나랑 케이키 사이니까. 하지만 부끄러워하는 케이키도 귀여워. 상으로 좀 더 해줄게♪"

"으아아아아악?!"

상황을 설명하면 마오의 시선 너머 다다미에 앉은 케이키가 사유키에게 안겨 있었다.

그건 정말 애정이 듬뿍 담긴 러브러브한 허그였다.

머리를 안긴 채 풍만한 가슴에 단단히 갇혀 괴로워 보였지만 동시에 뭔가 행복해하는 것처럼 보이는 건 기분 탓이 아닐 것이다.

(……인중이 너무 늘어난 거 아니야?)

그렇게 글래머가 좋으면 가슴과 결혼하면 될 텐데.

혀를 차면서 나온 질투는 그렇다 치고 역시 두 사람의 모습은 좀 이상했다.

사유키가 케이키와의 스킨십을 바라는 건 늘 있는 일이었지만 그 친밀도가 눈에 보일 정도로 레벨 업했다는 기분이 들었다.

그야말로 마오가 '혹시 이 녀석들 사귀기 시작한 건가?'라고 생각하게 될 정도로.

(내가 있는데 아까부터 러브러브…….)

좋아하는 남자가 다른 여자와 꽁냥거리는 걸 보는 건 정신적으로 힘들었다.

다만 여기서 '다른 애랑 친하게 지내지 마'라고 자신의 주장을 솔직하게 말할 수 있는 성격이었다면 2년 가까이 짝사랑 따위 안 했겠지…….

(유이카가 있으면 방해했을 텐데…….)

공교롭게도 그 작고 귀여운 미친개는 오늘 부재중.

미즈하도 아직 안 왔기 때문에 말릴 사람이 아무도 없는 상황이었다.

(아아, 정말, 너무 답답해……!!)

현재 마오의 심경을 한마디로 표현하면 이게 다였다.

키류 케이키는 마오가 호의를 갖고 있는 상대였고 그런 남자가 가슴 큰 흑발 미녀와 잘 지내고 있으니 평온하게 있을 수 없었다.

물리적으로 폭발해버리라고 생각해버리는 것도 소녀로선 당연한 반응이었다.

"사유키 선배! 가슴골이 너무 깊어서 숨을 못 쉬겠는데요?!"

"실내에서 한숨 돌리는 연습을 할 수 있다니 이득 같은데♪"

"사유키 선배?!"

케이키가 가슴골이라는 크고 넓은 바다에 휩쓸린 순간, 마오가 쥔 펜이 끼기긱 기분 나쁜 소리를 냈다.

(그대로 가슴골에 빠져버려!)

뭣하면 그 거대한 가슴과 함께 터져도 되는데.

정말 좋아하는 유방에 파묻혀서 죽을 수 있다면 녀석도 만족하겠지.

원고를 그리는 척하면서 두 사람의 모습을 훔쳐보며 마오가 어두운 생각을 방류하고 있는데, 사유키가 드디어 가슴의 구속을 풀었다.

"후후후, 이번에는 무릎베개하고 머리를 쓰다듬어줄게."

"이제 마음대로 하세요."

(왜 키류는 그렇게 고분고분한 거야?)

평소에는 조금 더 저항하는데.

저 얼굴은 알고 있었다.

저항을 포기했을 때의 얼굴이었다.

다다미 위에서 정좌한 사유키의 무릎에 케이키가 얌전히 머리를 기댔다.

그대로 머리를 쓰다듬을 줄 알았는데 그녀는 좌식 탁자에 올려둔 붓으로 손을 뻗어 후배의 뺨에 휘리릭 문자를 써내려갔다.

"사유키 선배?! 지금 내 얼굴에 뭘 쓰는 거예요?!"

"걱정 마. 입 밖으로 할 수 없을 만한 말밖에 안 썼으니까."
"입 밖으로 할 수 없는 말을 썼어요?!"
무릎베개를 한 채 케이키가 사유키에게 대들었다.
그런 후배를 달래면서 그녀는 웃는 얼굴로 그의 머리를 쓰다듬었다.
(정말 사이가 좋네, 이 두 사람…….)
서로 딱 맞물린 것처럼.
끼어들 틈이 없는 느낌.
케이키에겐 안 보여도 마오에겐 사유키가 뭐라고 썼는지 보였다.
(뺨에 『정말 좋아해』라고 쓰다니, 완전 바보 커플이잖아…….)
마오라면 절대로 입 밖으로 내뱉을 수 없는 말.
지금 그들은 친한 선후배의 분위기를 뛰어넘은 상태였다.
어느 세상에 사귀지도 않는 남자를 가슴골로 이끌거나 무릎베개를 한 상태에서 머리를 쓰다듬는 여고생이 존재할까.
지금까지 이상으로 좋아하는 감정을 숨기지 않게 된 토키하라 사유키.
이러니저러니 해도 그녀의 요구를 받아주면서 아주 싫지도 않은 것 같은 키류 케이키.
마오 안에서 초조함과도 비슷한 감정이 빙글빙글 소용돌이치기 시작했다.

"이건 어쩌면 정말……."

어쩌면, 어쩌면 그럴지도 몰라.

(역시 그 두 사람 몰래 사귀는 걸까……?)

그 이후 집에 온 뒤에도 마오의 머릿속은 그 화제로 꽉 차 있었다.

사이가 좋은 건 늘 있는 일이었지만 그만큼 당당하게 딱 붙어 있는 일은 지금까지 없었다.

마오가 봐도 오늘 두 사람은 마치 연인 같았다.

사실 아무도 없는 곳에서 '에헤헤, 역시 사유키의 가슴은 최고야☆'라든가 '뭐야, 정말, 케이키 야해♪'라고 남몰래 불장난을 하고 있을지도——.

"……."

거기까지 생각하다 자신의 망상에 견딜 수 없게 된 마오는 스스로 얼굴을 책상에 박았다.

『——저기, 미나미 선생님?! 지금 뭔가 안면을 심하게 부딪치는 것 같은 엄청 큰 소리가 났는데 괜찮으세요?!』

"괜찮습니다. 신경 쓰지 마세요."

이러면 안 돼.

통화 중에 나도 모르게 생각에 빠지고 말았다.

통화 중이라 해도 스마트폰은 들고 있지 않았고 스피커 모드로 책상 위에 올려놓았다.

여긴 맨션의 본인 방으로 통화 상대는 마오이자 미나미 마오의 담당 편집자.

오늘은 전날 새롭게 결정된 업무와 관련된 회의가 있었는데, 그녀는 출판사가 있는 도시 지역에 살고 있었기 때문에 연락 수단은 통화나 메일 둘 중 하나가 되었다.

편집부 직원과는 동인지 판매 행사에서 몇 번인가 만난 적이 있는데 외모는 20대 후반으로 유연한 분위기의 언니였다.

『미, 미나미 선생님? 오늘은 뭔가 기분 탓인지 시무룩하신 것 같은데 혹시 남자친구랑 싸우기라도 하셨어요?』

“아뇨, 남자친구 없어요.”

그래, 난죠 마오에게 남자친구는 없다.

하지만 신경 쓰이는 남자는 있었다.

마오 기분이 안 좋은 건 그 녀석이 다른 여자와 좋은 분위기를 풍기는 것 때문이었지만 굳이 할 이야기도 아니겠지.

“그보다 회의 계속하죠.”

『아, 네. 그러죠. 그러니까…….』

전화 너머로 자료를 확인하고 있겠지.

잠깐의 시간이 흐른 후 다시 목소리가 들렸다.

『일단 네임은 확인했습니다. 저희는 이걸로 괜찮을 것 같아요. 대사나 세세하게 수정할 부분이 있으니 그건 나중에 메일로 보내겠습니다.』

“알겠습니다.”

『그리고 원고 마감 말인데요, 2월 10일까지 부탁드리고 싶은데…….』

“10일이요……?”

힐끔 탁상 달력을 보았다.

오늘은 2월 2일 금요일.

원고 작업에 쓸 수 있는 시간은 일주일이라는 뜻이었다.

『사실은 단편이라 해도 좀 더 시간을 들여 준비해야 하는데 이렇게 아슬아슬한 스케줄로 부탁드려서 죄송합니다……. 너무 급해서 시간 남는 어시스턴트도 확보하지 못했고…… 괜찮으시겠어요?』

“괜찮습니다. 이번에는 페이지 수도 좀 적고 손은 빠른 편이니까요. 게다가 급환으로 쓰러지신 선생님 대신이니 힘든 스케줄이라 해도 어쩔 수 없죠.”

『정말 덕분에 살았습니다. 담당하고 계신 작가님이 입원했을 때는 어떻게 해야 하나 막막했는데. 마침 우리 쪽에서 대신할 원고 재고도 없어서……아, 이건 관계없으려나요. 하지만 지난달 단편 평판도 좋았고 위에서도 미나미 선생님의 연재에 흥미를 보이고 있으니 이번 단편 제2탄 평판이 좋으면 조기 연재도 꿈은 아닐 겁니다! 스케줄은 힘들겠지만 힘내요!』

“네.”

이번에 받은 일은 급환으로 쓰러진 만화가 대신 그리는 원고——즉 잡지에 공란이 생기는 걸 막기 위한 대리 원고였지만 마오에겐 실력을 보여줄 기회였다.

네임은 OK을 받았고 실은 선행해서 초고도 작성한 상태였다.

캐릭터 디자인도 그대로라 이제 온 힘을 기울여 원고를 마무리만 하면 끝.

수면 시간을 줄여 몰두하면 아슬아슬하게 시간에 맞출 수 있겠지.

『그럼 원고 잘 부탁드립니다.』

"알겠습니다."

통화를 끝낸 후 '하아……' 하고 한 번 숨을 내쉬었다.

사람들과의 교제가 서툴러서 전화는 별로 좋아하지 않았다.

상대가 친구라면 몰라도 업무 상대에겐 실례하지 않도록 조심하느라 정신적인 피로가 꽤 있었다.

하지만 가슴속으로는 말 못 할 고양감이 있었다.

지난달 발매한 잡지에 게재된 단편 만화『꽃미남이라면 변태라도 좋아해 주실 수 있나요?』가 호평을 얻어 대리 원고이긴 하지만 이번에 정식으로 단편 제2탄 게재가 결정되었다.

오늘 통화는 그 일에 관한 중요한 의논을 하기 위해서였는데…….

“회의 도중에 멍해지다니, 뭐 하는 거야……?”
무심코 녀석을 생각하고 말았다.
다른 일에 마음을 빼앗기는 건 집중을 못 한다는 증거였다.
“합숙 때는 폼을 잡았지만 미련이 아직 많이 남았잖아, 나…….”
남자보다 자신이 좋아하는 걸 선택하라고 해놓고 이 꼴이었다.
케이키와 다른 여자 사이가 신경 쓰여서 그것 때문에 업무에 집중 못 하다니, 녀석을 얼마나 좋아하는 거야?
“키류가 누구와 친하든 나랑 관계없잖아…… 난 일하면서 살아갈 거니까…….”
만약 연재가 시작되면 지금보다 바빠질 것이다.
연애에 정신 팔려 있을 때가 아니었다.
츤데레 특유의 성가심을 발휘해 마오는 원고 작업에 착수하기 위해 애용하는 책상을 마주하고 앉았다.

◇

월요일 방과 후, 마오의 방이자 작업실에 손님이 찾아왔다.
“미안해, 우리 집까지 불러서.”
“아니, 마오에게 도움이 된다면 기뻐.”
“미즈하가 모델을 해줘서 정말 다행이야. 다음에 크레이

프 사줄게."

"와——아."

시시한 대화를 나누면서 마오가 뭘 하고 있냐면, 침대에 무릎을 세우고 양팔로 감싸 웅크리고 앉은 미즈하를 모델로 원고 밑그림을 그리고 있었다.

의자에 앉아 소형 액정 태블릿을 사용한 작업.

학교에서 바로 왔기 때문에 서로 교복 차림이었지만 의상이 다른 건 영감으로 어떻게든 할 수 있었다.

"하지만 지금 그리는 캐릭터는 남자지? 날 모델로 해도 괜찮아?"

"완전 오케이. 애초에 미즈하를 모델로 만든 캐릭터니까."

"모르는 곳에서 내가 남자가 되어버린 건."

"참고로 이름은『미즈키』야."

"다른 사람이라고는 생각할 수 없는 이름이네."

"걱정 마. 서예부 부원들은 모두 모델로 썼으니까. 키류 녀석은 여자에 주인공인걸."

"후훗, 그건 좀 기대되네."

"아, 지금 그 표정 그릴게."

"뭐어?! 부끄러운데……."

이 아이의 미소는 질투가 날 정도로 귀여웠다.

특히 오빠 이야기를 하면 정말 좋은 표정을 짓는다.

이른바『사랑하는 소녀의 표정』이었다.

"마오는 대단해. 프로 만화가라니."

"별로 대단하지 않아. 미성년자가 프로가 되는 건 흔한 일이고. ……키류가 없었다면 분명 도중에 관뒀을 거야."

첫 단편 만화가 혹평을 받아 슬럼프에 빠졌을 때.

침울해진 마오를 북돋아주고 지지해준 게 그였다.

(키류가 없었다면 지금의 난 없었을 거야.)

거기서 마음이 꺾였다면 더는 소녀 만화 신작을 그리는 일은 없었을 거고 이번 기회를 잡을 수도 없었을 것이다.

그 벽창호에겐 아무리 감사해도 모자랐다.

"……저기, 미즈하?"

"왜?"

"키류는 부장을 좋아하는 걸까?"

"갑자기 왜 그래?"

"뭔가 요즘 분위기 좋잖아? 그 두 사람."

"뭐, 오빠는 여자들이랑 늘 친하게 지내잖아."

"신경 안 쓰여? 미즈하도 키류를 좋아하지?"

"마즈하도 그렇다는 건 그 외에도 누가 있다는 거야?"

"알잖아. 부장이랑 유이카…… 그리고 아야노랑 아이리도 수상하고."

굳이 본인은 언급하지 않았다.

이 아이는 예리하니까 분명 전부 꿰뚫어 보고 있겠지만.

"그렇게 듣고 보니 오빠는 인기가 많네."

"웬일인지 본인은 인기가 전혀 없다고 생각하지만."

주위 여학생들을 모두 반하게 만들어버리는 러브 코미디 주인공 체질인 주제에 스스로 자각을 못 한다는 게 괘씸했다.

그 둔감함이야말로 러브 코미디의 주인공답다고 한다면 거기까지겠지만.

……이야기가 딴 길로 새고 말았다.

"그래서? 정말 좋아하는 오빠랑 토키하라 선배가 요즘 왠지 분위기가 좋은데 미즈하는 신경 안 쓰여?"

"그야 조금은 신경 쓰이지. 좋아하는 사람이 다른 사람과 꽁냥거리면."

"아, 응…… 그렇구나……."

미즈하는 예상과 달리 진지한 톤으로 받아쳤다.

아니, 진심으로 불쾌해 보였다.

미즈하는 미즈하대로 신경 쓰고 있었던 모양이다.

"게다가 토키하라 선배는 거의 완벽에 가까운 오빠의 이상형이니까."

"그 녀석 연상을 좋아하는 것 같았어."

"게다가 선배는 가슴도 크고."

"그에 관해서는 미즈하도 충분히 크다고 생각하는데."

시선을 미즈하의 가슴 부분으로 옮겼다.

그녀의 가슴도 상당했다.

"뭐, 오빠는 글래머를 좋아하지만 그것만으로 여자를 선택하진 않으니까.”

“그랬으면 좋겠는데.”

“하지만 분명 요즘 오빠가 좀 이상하긴 해. 토키하라 선배와의 일뿐만 아니라 그 외에도 뭔가 숨기는 게 있는 것 같아.”

“숨긴다고?”

“잘 모르겠는데 여러 가지로 거동이 수상하다니까.”

“흐——음?”

마오는 모르겠지만 여동생인 미즈하가 느끼고 있다면 그렇겠지.

둘 다 최근의 이야기니까 케이키가 숨기고 있는 것과 사유키와의 거리가 가까워진 데에는 뭔가 관계가 있을지도 모른다.

“그걸 키류에게 물어보진 않았어?”

“오빠가 말하기 싫다면 억지로는 물어보지 않아. 난 오빠를 좋아하고, 만약 오빠가 선배를 좋아한다 해도 그 마음은 변하지 않을 테니까.”

“……미즈하는 대단해.”

좋아하는 사람에게 솔직하게 좋아한다고 말할 수 있다는 게 부러웠다.

쉬워 보이지만 그건 분명 굉장히 어렵고 많은 용기를 짜내지 않으면 안 되는 일이었다.

(나에겐 그런 용기가 없으니까…….)

지금까지 몇 번이나 고백의 기회를 놓쳐버린 겁쟁이였다.

막상 닥쳤을 때 한 걸음 더 내딛지 못하는 스스로가 미웠다.

"뭐, 하지만 그렇다 해도 오빠를 포기할 생각은 없고 기회가 있으면 손에 넣고 싶다고 생각한답니다."

"미즈하는 의외로 육식계였지……?"

"그런가? 좋아하는 사람이라면 자연스럽게 그렇게 되고 싶지 않아?"

"그건 뭐…… 그럴지도 모르지만……."

마오도 다 큰 여자애였다.

그런 망상을 한 적 없다고 말하면 거짓말이겠지.

"마오에게까지 마수를 뻗치다니. 오빠는 정말 죄 많은 남자야."

"잠깐, 아니야!! 딱히 상대가 키류라고 말하지 않았고!"

"그래, 그래, 츤데레지, 츤데레야."

"미즈하?!"

설마 미즈하까지 츤데레라고 생각했을 줄이야.

"저기, 마오?"

"응? 왜?"

"오빠가 좋아하는 사람이 누군지는 모르겠지만 만약 둘 중 누구든 오빠랑 사귀게 된다고 해도 서로 원망하지 않기다?"

"……그건 무리야."

정신을 차리고 보니 멋대로 말이 나오고 있었다.

"키류가 미즈하를 선택하면 분명 원망할 거고 질투할 거야."

"……."

순간 미즈하가 놀란 듯 눈을 크게 떴다.

그리고 꽃이 피듯 스르륵 미소 지었다.

"후훗, 드디어 솔직해졌네."

"윽……."

부끄러워.

무심코 본심을 내뱉고 말았다.

미즈하와 함께 있으면 갑옷이 벗겨지는 기분이 든다.

둘 다 정말 사람을 미치게 만드는 남매였다.

"자, 아직 안 끝났으니까 미즈하는 움직이지 마."

"네——에."

아직 미즈하가 모델인 밑그림이 완성되지 않았다.

창피함을 감추려고 기합을 다시 넣고 마오는 태블릿 위로 펜을 다시 움직이기 시작했다.

◇

그날 이후에도 매일 일에만 몰두했다.

원고 작업을 일주일 안에 끝내야 하기 때문에 시간이 아무리 있어도 부족했다.

요 며칠은 고등학생으로서의 일상과 신인 만화가로서의 일상을 왔다 갔다 했다.

아침 일찍까지 작업하고 잠시 잠들었다 등교.

학교에서 돌아온 이후에는 오로지 책상에 앉아 원고 작업.

그 반복이었다.

"……응, 벌써 이런 시간인가?"

정신을 차려보니 밤 12시를 넘어가는 시간대.

잠시 쉬려고 펜을 놔두고 기지개를 켰다.

"하지만 이 주인공, 정말 귀여워……."

지금 마오가 매달려 작업하고 있는 건 마침 이번 회에서 가장 하이라이트인 장면이었다.

원고용지에는 히어로 중 한 명, 도S인『릿카』가 남자 팬티를 보여줘서 케이키를 모델로 한 주인공『케이코』가 부끄러워하는 모습이 그려져 있었다.

모델은 시원찮은 남자인데 완벽한 여주인공처럼 보인다는 게 굉장했다.

남자 팬티를 보기만 했는데 얼굴이 새빨개진다니, 어느 정도로 순진한가 싶겠지만 그런 솔직한 반응이 귀엽게 보일 것이다.

"역시 키류도 솔직한 아이가 더 좋을까……?"

유이카나 미즈하처럼 붙임성 좋은 여자가 더 좋으려나?

그렇다면 전황은 꽤 불리해진다.
아쉽게도 마오는 자타공이 인정하는 츤데레 소녀.
좋아하는데 좋아한다고 말하지 못하는 성가신 성격으로 다른 멤버들과는 정반대의 여자였다.
"중사는 어떻게 생각해?"
그렇게 말하며 책장 위에 자리 잡고 있던 인형을 안아 올렸다.
중사란 펭귄 중사를 말했다.
둥글둥글하고 통통하게 살찐, 눈매가 매서운 펭귄으로 손에 언 생선 무기를 들고 있는 초현실적인 캐릭터였다.
케이키와 취재 데이트를 했을 때 크레인 게임에서 뽑은 인형이었다.
"대답 못 하면 벌로 안아줄 거야!"
질문에 대답하지 못하는 펭귄 중사를 가슴으로 안았다.
그리고 그대로 등을 보인 채 침대를 향해 다이빙했다.
"……."
눈을 감으면 잠들어버릴 것 같아서 잠시 멍하니 천정을 바라보는데 아무런 소리가 나지 않았던 방에 배에서 나는 큰 소리가 울려 퍼졌다.
"성격은 솔직하지 않은데 배는 정직하다니까……."
생각해 보니 저녁도 먹지 않은 채 일을 하고 있었다.
배가 고픈 건 당연했다.

"어쩔 수 없지. 시간도 없고 컵라면이나 먹을까?"
만화가의 밤은 길었다.
야전에 대비해 이쯤해서 음식물을 보급해둬야지.
컵라면을 상상하며 침대를 내려왔다.
중사를 원래 위치로 돌려놓은 타이밍에 책상 위 스마트폰이 짧게 떨렸다.
"이런 시간에 누구지――, 응? 키류?"
문자 발신인은 요즘 괜히 신경 쓰이는 남학생이었고,
"『지금 집 앞에 있어』라……뭐?!"
열어본 메시지 내용은 그가 지금 마오의 집 앞에 있다는 것이었다.
"왜 키류가……."
이유는 모르겠지만 정말 왔다면 기다리게 할 순 없었다.
실내복 위에 털실 카디건을 걸치고 밖으로 나갔다.
엘리베이터를 타고 4층에서 1층으로 내려가 입구를 지나 맨션을 나오자 입구 바로 옆에 코트를 입은 그의 모습이 보였다.
천으로 된 봉투를 든 케이키가 마오를 발견하고 '안녕'하고 손을 들었다.
"미안. 바쁠 텐데."
"그건 괜찮은데……이런 시간에 무슨 일이야?"
"미즈하가 저녁을 만들었어. 미즈하 특제 솥밥이랑 돼지

고기 된장국. 슬슬 배가 고플 때니까 난쵸가 먹어줬으면 좋겠다고.”

“미즈하가?”

“그래, 내버려 두면 컵라면밖에 안 먹을 거라면서.”

“윽…….”

반론할 수 없었다.

지금 하마터면 먹으려고 했습니다.

“그런데 역시 이런 시간에 미즈하를 밖에 내보낼 수 없으니까 내가 대신 갖고 왔어.”

“그래……? 고마워. 솔직히 덕분에 살았어.”

감사 인사를 전하고 아직 살짝 따뜻한 봉투를 받아들었다.

“예상한 대로 이게 없었으면 컵라면을 먹었을 거야.”

“미즈하가 들으면 화내겠다.”

“그러게.”

실제로 마감 직전엔 제대로 요리를 할 수 없게 된다.

최근 주식은 편의점 도시락이나 과자, 빵으로 영양 균형은 최악이었다.

미즈하가 그걸 꿰뚫어보고 야식을 만들어 준 거겠지.

“그보다 키류, 콧등이 빨개졌는데.”

“아아, 역시 밖이 좀 추웠으니까.”

“감기 걸리면 안 되니까 우리 집에서 좀 쉬다 갈래?”

“아니, 역시 너무 늦었고 비상식적이니까 관둘래.”

"우리 엄마 오늘은 야근이라 없는데."

"저기……그럼 더 안 될 것 같은데……."

"뭐? ……아, 응?!"

그의 지적에 자신의 실수를 깨달았다.

심야에 남자를 집에 들이려 하다니, 착각한다고 해도 불평할 수 없는 사안이었다.

"그, 그런 의미로 말한 건 아니야! 추웠던 것 같아서 따뜻한 차라도 대접하려고 한 것뿐인데!"

"걱정 마, 알고 있으니까."

"그럼 다행이지만……."

모처럼 와줬는데 왠지 분위기가 미묘해지고 말았다.

"그럼 일을 방해하면 안 되니까 난 이만 가볼게."

"아, 잠깐만, 키류!"

"응?"

"저기……."

순간적으로 불러 세웠지만 화제가 떠오르지 않았다.

"……아니. 역시 아무것도 아니야."

"그래?"

"응. 간식 고마워."

"그래. 그럼 학교에서 보자."

이별의 인사를 건네고 이번에야말로 케이키가 집으로 돌아갔다.

그 뒷모습을 배웅한 후 마오는 한숨을 내쉬었다.
"뭐 하는 거야? 나……."
정말 뭔가 용건이 있었던 건 아니었다.
조금 더 이야기하고 싶어서, 헤어짐이 아쉬워서 불러 세웠다고는 말할 수 없었다.

◇

그 이후 순조롭게 원고를 진행하며 맞이한 마감 전날. 금요일 점심시간.
점심밥인 야키소바빵을 다 먹은 마오는 수분 보충을 위해 승강구 옆 자판기로 가려고 복도를 걷고 있었다.
"이제 배경이랑 마무리만 남았으니까 어떻게든 내일까진 완성될 것 같아."
진척률로 보면 80% 정도.
여유가 있는 건 아니었지만 이 페이스라면 문제없이 완성할 수 있겠지.
"응? 저건……."
승강구에 도착한 마오가 걸음을 멈췄다.
"키류랑 부장?"
목적지인 자판기 앞에 있던 건 케이키와 사유키 두 사람.
그들의 모습을 확인한 마오는 무심코 기둥 뒤로 몸을 숨겼다.
"둘이서 뭐 하는 거지……?"
거기서 살짝 얼굴을 내밀고 두 사람의 모습을 훔쳐보았다.
대화 내용은 단편적으로밖에 들리지 않았지만 그래도 그 자리의 상황으로 볼 때 대충의 흐름은 파악할 수 있었다.
아무래도 케이키가 자판기에서 산 팩 주스를 사유키가 한 입만 달라고 말하면서 요구하고 있는 듯했다.
"또 저 녀석들은……대낮부터 꽁냥거리고……."
적당히 좀 했으면 좋겠는데.
이쪽은 연일 격무로 피곤했다.
너무 바빠서 청춘과도 러브 코미디와도 절연한 상태였으니 리얼충의 꽁냥 플레이는 몸에 해로울 수밖에 없었다.
아니, 그냥 부러웠다.
이윽고 끈질김에 손을 든 케이키가 '딱 한 입만 드세요'라고 말하며 팩 주스를 내밀었다.
그 빨대에 사유키가 기쁘게 입을 댔다.
"아, 간접 키스……."
주스를 돌아가며 마시는 건 사실 별것 아니었다.
요즘은 친구끼리 아무렇지도 않게 마시기도 하고.
그것만으로 그들이 특별한 관계라고 단정 짓는 건 너무 일렀다.
머리로는 그렇게 생각하는데――.

"내가 왜 숨었지……?"
두 사람이 그 자리를 벗어날 때까지 기둥 뒤에서 움직일 수 없었다.

(키류―― 바보 녀서어어어어어어어억!!)
6교시 체육 수업 중 체육관 배구 코트에서 마음속으로 그 바보를 매도하면서 마오가 훌륭한 스파이크를 보여주었다.
개인적인 원망을 담은 혼신의 일격을 상대 팀은 받아내지 못했고 마오의 팀 점수가 올라갔다.
좀 후련해진 마오에게 같은 팀인 메구미가 말을 걸었다.
"난죠, 나이스! 오늘도 절호조네."
"뭐, 그렇지."
"상대팀이 전혀 반응을 못 했어. 뭔가 비결이라도 있어?"
"음―― 공을 키류 얼굴이라고 생각하고 던지는 것 정도?"
"뭐……?"
엽기적인 대답에 메구미가 살짝 정색했다.
미묘한 표정을 띤 채 그녀가 거리를 뒀다.
"그럼 저기…… 다음엔 내 서브라서."
"힘내."
메구미가 서비스 라인으로 향했고 그녀의 서브로 시합이 재개되었다.
천천히 호를 그리면서 날아간 공을 상대 팀이 리시브했고 그럭저럭 능숙하게 이어나갔다.

(……키류 바보. 정말 바보. 울트라 바보.)

공중에 뜬 공을 보면서 마음속으로 욕을 퍼부었다.

(그 두 사람, 역시 사귀는 걸까……?)

서예부 여학생들은 모두 케이키의 정조를 노리고 있었다.

연인이 생기면 큰일을 겪을 거라는 케이키의 걱정은 지극히 당연했고 그렇기에 사유키와 사귀는 걸 숨기고 있다고 해도 이상하지 않았다.

전부 상상에 지나지 않았지만 만약 사실이라면 꽤 충격이었다.

"……."

"난죠! 앞에!!"

"응?"

당황한 듯한 메구미의 목소리에 의식을 전방으로 집중시켰다.

"아……."

언제부터 놓친 것인지, 생각에 빠져 있는 동안 자신을 향해 날아오는 공을 뒤늦게 확인하고 말았다.

"이런!!"

피할 수 있는 타이밍이 아니었다——.

반사적으로 얼굴을 감싸며 손을 앞으로 내밀었다.

그 직후——퍽 하는 둔탁한 소리와 함께 충격이 찾아왔다.

마오의 손에 맞아 튕겨나간 공이 바닥에 떨어졌고 데굴데굴 굴러갔다.

"난죠?! 괜찮아?!"

"……윽."

달려온 메구미에게 대답할 여유가 없었다.

공이 튄 손가락에 화상과도 비슷한 둔탁한 통증이 느껴졌기 때문에.

"아, 이런……."

부상을 입은 게 오른손이라는 걸 깨달았을 때 온몸에서 핏기가 가셨다.

보건실에서 응급처치를 받고 환부를 고정하기 위해 손가락을 붕대로 감은 마오가 교실로 돌아오자 교복으로 갈아입은 케이키가 달려왔다.

"난죠!"

"키류? 왜 남아 있었어?"

얼음주머니로 환부를 식히며 상처에 대한 설명을 듣는 사이에 이미 모든 수업이 끝나서 교실엔 아무도 남아 있지 않았다.

그런데 웬일인지 교실에 있던 그가 아직 체육복 차림인 마오에게 말했다.

"당연히 난죠가 걱정됐으니까."

"키류는 정말 참견쟁이야."

"그보다 상처는 좀 어때?"

"손가락을 삐었대. 별것 아니지만 2, 3일은 안 움직이는 게 좋다는데."

"그래……?"

응급처치를 해준 타치바나 선생님이 '부러지진 않았지만 통증이 사라지지 않으면 병원에 가야 해'라고 말했지만 이 이상 그에게 걱정을 끼치기 싫어서 말하지 않았다.

"하지만 다행이다. 별것 아니라서."

"……전혀 그렇지 않아."

"난죠?"

"어쩌지……? 단편 원고, 내일이 마감인데……."

상처를 입은 건 오른손 집게손가락.

만화가로서는 치명적인 부상이었다.

게다가 2, 3일 정도 움직이면 안 된다는 말까지 들었다.

그건 즉, 내일 마감 때까지 원고를 완성시킬 수 없다는 말로, 그 사실에 머리가 새하얘졌다.

"……아니, 그릴래. 뭐가 어떻게 되든 반드시 시간에 맞춰야 해."

"시간에 맞춰야 한다니……아니, 당연히 안 되지. 움직이지 말라고 했는데 상처가 악화되면 어쩌려고 그래?"

"그럼 왼손으로 그릴래."

"아무리 난죠라 해도 가능할 리가 없잖아."
"하지만……!"
마오도 그게 무모하다는 건 알고 있었다.
"……그래도 반드시 완성시킬 거야."
이번만은 물러날 수 없었다.
이 일은 혼자만의 힘으로 얻은 게 아니었다.
케이키와 둘이서 취재하고 네임 작성 때도 도움을 받고 겨우 게재에 이른 중요한 작품이었다.
그걸 이런 식으로 엉망으로 만들 순 없었다.
"……하아, 알았어."
"키류?"
"나도 도울게."
"뭐? 하지만……."
"그 만화에는 나도 애착이 있으니까."
"키류……."
분별없이 눈물이 날 것 같았다.
소재를 찾기 위해 이야기를 들으며 돌아다니고, 호텔방에 갇혀 있었던 그때 추억을 그도 소중히 여기고 있었다.
"그래서 작업은 어느 정도 남았는데?"
"……캐릭터는 전부 다 그렸고 이제 배경이랑 마무리만 하면 돼. 다치지만 않았으면 철야 작업으로 여유롭게 시간에 맞췄을 텐데……."

"그걸 여유롭다고 할 수 있어……?"

실제로 마오는 일이 꽤 빠른 편이었다.

그래도 철야가 필요하다는 건 나름대로 양이 꽤 남았다는 걸 의미한다.

그런 정보를 가미한 상태에서 케이키가 물었다.

"편집부 직원한테 부탁해서 어시스턴트를 보내달라고 하면 안 돼?"

"그건 무리야. 시간 있는 사람이 없어서 혼자 그렸거든."

"그래……?"

"게다가 지금부터 어시스턴트를 모집할 시간이 없어. 마감이 내일이니까 모이기 전에 끝날 거야……."

"그럼 없애도 문제없을 만한 배경을 간략화한다거나……."

"그건 안 돼……!"

"뭐……?"

"그림, 이야기, 연출 하나라도 빠지면 만화는 엉망이 돼. 아무리 이야기 내용이 좋아도 그림을 대충 그리면 못 쓰게 되고 그런 건 단번에 독자들에게도 전해져. 최악의 경우 딱 하나만 대충 그렸는데 작품 전체가 평가받지 못하는 일도 있어."

"……."

"난 내가 만든 작품으로 독자들을 실망시키고 싶지 않아. 그건 크리에이터로서 가장 해서는 안 되는 일이니까."

마오도 처음부터 그림을 잘 그린 건 아니었다.

첫 동인지 판매 행사에 참가했을 땐 엉망이라 자신만만하게 선보인 책은 아무도 읽지 않았고 견본을 읽은 독자들의 실망한 얼굴을 지금도 기억하고 있었다.

그런 마음은 두 번 다시 맛보고 싶지 않았다.

지금 마오는 프로 만화가였다.

상업지에 만화를 게재하고 자신의 작품으로 이익이 생기는 이상 그에 어울리는 퀄리티를 담보로 할 의무가 있다.

창작에 관여한 인간으로서 이것만은 양보할 수 없었다.

“미안, 키류……도와준다고 해줬는데 고집을 부려서…….”

“아니, 방금 그건 내가 경솔했어. 전부 다 꼼꼼하게 마무리하는 방향으로 생각해보자.”

“응……고마워.”

“……그렇다 해도 작업량을 줄이지 않을 거라면 역시 어시스턴트를 확보해야겠지.”

“하지만 오늘 갑자기 와줄 어시스턴트는…….”

여러 가지로 힘들었지만 뭐라 해도 가장 큰 걸림돌은 마감이었다.

어쨌든 시간이 없었다.

서예부 동료들에게 도움을 구하려 해도 이번에 필요한 건 만화를 그릴 수 있는 인재였다.

케이키는 물론 사유키나 미즈하에게도 그림 스킬은 없었다.

"유이카는 어때?"

"나도 생각해봤는데 유이카의 그림은 만화에서 쓸 만한 그림이 아니니까……."

유일하게 서예부에서 가능성이 있을 만한 건 유이카였지만 그녀의 전문 분야는 그림책이니 만화의 배경을 맡기는 건 역시 무리겠지.

(어쩌지? 바로 도와줄 수 있고 일정한 퀄리티를 담보할 수 있는 인재를 모아야 하는데…….)

간단히 말해 무리한 게임이었다.

적어도 마오는 짚이는 사람이 없었다.

당연히 케이키에게도 그런 지인은 없겠지.

"유이카도 안 된다고…… 아니, 잠깐만?"

"키류?"

"어시스턴트라면 있어……."

"뭐? 정말?"

"그래. 만화를 그릴 수 있고 동시에 한가한 시간을 주체하지 못하는 사람들 중에 짚이는 사람들이 있어. 나에게 맡겨줘. 강력한 조력자를 데리고 올 테니까."

"그건 물론 고마운데……."

만화 기술을 갖고 있고 동시에 한가한 시간을 주체하지 못하는 전력.

당장은 믿기 힘들지만 그렇게 안성맞춤인 조력자를 이 남자가 알고 있는 것 같았다.

그로부터 한 시간 뒤인 오후 5시 무렵.

"그러니까 이쪽이 만화연구부 부원들이야."

"만화연구부……."

자택 맨션에서 필요한 기재를 챙긴 후 방문한 키류네 응접실에서 마오는 케이키에게 3명의 남학생을 소개받았다.

"3학년 이노오카라고 해."

"2학년 시카가와야."

"1학년 쵸노입니다."

오른쪽부터 긴 앞머리로 양쪽 눈을 가린 장신의 3학년생, 이노오카.

통통한 체형으로 안경을 쓴 2학년생, 시카가와.

어른스럽고 체격이 작은 1학년생, 쵸노.

이상, 교복 차림의 세 사람이 각자 마오에게 자기소개를 했다.

"아, 안녕하세요…… 전 2학년 난죠라고합니다."

첫 만남에 긴장하면서 이쪽도 자기소개.

참고로 자택에서 옷을 갈아입을 시간이 아쉬웠던 마오와 케이키도 교복 차림이었다.

"……저기, 키류?"

"응?"

그들에게 들리지 않도록 작은 목소리로 케이키에게 귓속말을 했다.
“애써 불러놓고 좀 그렇긴 한데 이 사람들 괜찮은 거야?”
“걱정 마. 실력은 보증할게.”
이야기를 들어보니 그들은 메구미 곁에서 훌륭한 만화 책자를 만든 집단인 듯했다.
캐릭터 묘사는 역시 마오의 승이었지만 마무리나 배경에 관해서는 프로에게도 뒤지지 않는다고.
“설마 키류에게 이런 인맥이 있을 줄이야…….”
“실제로 불러준 건 오니즈카지만.”
그 이후 케이키는 메구미에게 전화를 걸어 협력을 요청했다.
급한 요청에 메구미도 놀란 듯했지만 사정을 설명하자 바로 흔쾌히 승낙했다.
그 이후에는 순조롭게 이야기가 진행되었고 만화연구부원 모두가 도와주게 된 것이다.
현재 만화연구부는 메구미가 빠지면서 무료한 상태였고 케이키는 이전에 그 이야기를 쵸노에게 들었다고 한다.
“하지만 방까지 빌려줘도 괜찮은 거야?”
“미즈하에겐 허락을 받았어. 요리도 해주겠대.”
“정말 극진한 대접…….”
미즈하는 인원수에 맞춰 식재료를 확보하기 위해 슈퍼에

서 장을 보는 중이었다.

역시 마오의 맨션은 비좁았기 때문에 이 배려는 정말 감사했다.

이노오카 일행이 갖고 온 기재도 설치가 완료되었고 현재 키류네 응접실은 즉석 작업실로 변한 상태였다.

책상은 없기 때문에 작업 공간은 접이식 테이블과 방석으로 확보하고 컴퓨터랑 프린터, 액정 태블릿 등 업무 도구도 잘 갖춰져 있었다.

이 정도면 금방이라도 작업을 시작할 수 있을 것 같았다.

"그건 그렇고 설마 같은 학교에 프로 만화가가 있을 줄은 몰랐어."

존경의 눈길을 이쪽으로 보내면서 이노오카가 말했고,

"신진기예인 미나미 선생님에게 도움이 될 수 있다니 영광이야."

시카가와가 흥분한 상태로 이노오카 뒤에 말을 이었고,

"난죠 선배, 괜찮으면 나중에 사인해주세요!"

눈을 반짝거리며 쵸노가 사인을 졸랐다.

"아, 으응……."

첫 대면인 멤버들을 상대로 마오가 곤혹스러운 모습으로 답했다.

사람들과 어울리는 게 서툰 성격과 더불어 어떻게 해야 좋을지 몰라 허둥대자 뒤로 다가온 케이키가 슬며시 등을 밀어줬다.
“자, 난죠, 지시를 내릴 수 있는 건 난죠뿐이니까 부탁할게.”
“아, 응…….”
그랬다.
이건 마오의 일이었고 그들은 이쪽 상황 때문에 도와주러 온 사람들이었다.
작업을 시작하기 전에 모인 만화연구부 세 사람에게 고개를 숙였다.
“저기, 그럼……오늘은 잘 부탁드립니다.”
“““썰, 옛 썰!!”””
메구미의 정권 하에서도 이런 느낌이었을까.
그 인사를 시작으로 통솔에 따라 그들은 작업을 개시했다.
“난죠 선배, 일단 현재 원고를 스캔해서 데이터를 받을게요. 저희는 작업을 기본적으로 디지털로 하거든요.”
“아, 응, 알았어.”
“난죠, 난죠, 이 시카가와는 뭘 하면 될까요?”
“그러니까……시카가와는 이쪽 주인공 집 거실을 부탁할게. 자료는 지난달 잡지 원고 데이터를 그쪽으로 보낼게.”
“알겠어!”
“그럼 난 이쪽 교실 배경을 맡을까?”
“네, 부탁드립니다, 이노오카 선배.”
그림을 못 그리는 마오가 사령탑이 되어 톤 붙이기나 배경에 대한 지시를 내렸다.

익숙하지 않은 지시 작성과 함께 첫 어시스턴트 때문에 처음에는 당황했지만 점차 요령을 파악해 효율적인 운행이 가능하게 되었다.

"선생님! 이 배경, 완성했는데 체크 부탁드립니다!"

"네? 벌써요?"

작업 개시로부터 2시간 정도 경과했을 때, 처음으로 소리를 높인 건 선배인 이노오카였다.

"이런 느낌으로 어때?"

"이, 이건……?!"

그의 액정 태블릿을 들여다보던 마오가 눈을 크게 떴다.

"완벽해……."

무심코 흘러나온 말 그대로 완벽한 교실 배경이 그곳에 있었다.

캐릭터 그림에 비해 존재감을 너무 주장하지도 않고 그럼에도 한눈에 본 순간 그곳이 어디인지 어떤 상황인지 알 수 있는 균형 잡힌 정보량.

불평할 것 없는 이상적인 배경이었다.

"너무 유능해……."

훌륭한 완성도에 무심코 신음을 흘리고 말았다.

"그럼 배경은 이런 느낌으로 하고 바로 다음 페이지 작업 시작할게."

"네, 부탁드릴게요."

OK를 받자 이노오카가 다시 액정 태블릿을 마주한 채 다음 업무에 착수했다.

마오가 안도의 한숨을 내쉴 때 케이키가 물었다.

"난죠, 잘 될 것 같아?"

"응, 이런 식이면 어떻게든 될 것 같아."

케이키와 얼굴을 마주 보며 동시에 서로 웃었다.

손을 다치면서 궁지에 빠진 후 한때는 어떻게 될지 걱정했는데…….

드디어 희망의 빛이 보이자 마오의 얼굴에 미소가 돌아왔다.

그 이후에도 작업은 조용히, 하지만 착실하게 진행되었다.

"아악?! 에너지 음료가 다 떨어졌어!"

"오케이! 내가 가서 사 올게!"

"키류! 돈은 내가 낼 테니까 제일 좋은 걸로 사 와!"

"맡겨줘!"

케이키는 마오 일행이 작업에 집중할 수 있도록 편의점에서 장을 보거나 자질구레한 일들을 처리했고 현장을 뒤에서 지원했다.

특히 에너지 음료는 병사들의 생명선이었다.

케이키 덕분에 안정적인 공급이 가능해진 게 작업에 큰

도움을 줬다.

"잠깐만?! 유키오 팬티를 꽃무늬로 만든 게 누구야?!"

"네, 선생님! 그건 접니다! 죄송합니다, 자료가 없어서 제 팬티를 참고로 그랬습니다!"

"이노오카 선배, 간접적인 성희롱은 안 돼요!!"

도중에 남자 캐릭터의 팬티가 꽃무늬가 되는 해프닝에 타격을 입었지만 어떻게든 극복했다.

"저녁 만들었으니까 사양 말고 먹어."

"""감사합니다! 미즈하 씨!"""

밤이 깊어지자 사복으로 갈아입은 미즈하가 요리를 준비했고 맛있는 요리로 모두의 위장을 만족시켜주었다.

녹초가 된 병사들에게 미인이 만드는 수제 요리는 무엇보다 훌륭한 진수성찬이었다.

손이 많이 가는 요리와 배려 있고 자상한 서빙.

그 헌신적인 지원에 만화 연구부 세 사람은 완전히 미즈하의 팬이 되었다.

"고마워, 미즈하."

"아냐, 마오의 만화는 나도 기대하고 있으니까."

잠깐 동안의 휴식으로 원기를 회복한 후 다시 전장으로 돌아왔다.

이노오카와 시카가와, 쵸노가 부지런히 배경을 그리고, 마무리를 끝낸 원고를 마오가 한 장 한 장 체크했다.

필요가 있다면 수정 부분을 지적하고 배경의 자료가 될 법한 이미지를 찾았다.
그림은 못 그려도 할 수 있는 게 많았다.
모두가 각자 자신의 역할을 완수하고 쉬는 시간 없이, 약한 소리도 토해내지 않고 눈앞의 작업에 몰두했다.
그 모든 것은 독자들이 기뻐할 최고의 원고를 완성하기 위해――.
"제길……눈이 침침해졌어……."
"이노오카 선배, 파이팅!"
"맞아요! 아직 포기할 시간이 아니잖아요!"
만화연구부 세 사람이 서로를 격려하면서 일을 진행했고 야간작업을 한 지 몇 시간.
새벽이 밝고 상쾌한 아침 해가 떠오를 때.
"……송신."
완성한 원고를 메일로 제출했다.
"끄, 끝났다아아아아아아……!!"
어시스턴트를 맡아준 만화연구부 부원들과 키류 남매.
모두의 협력 덕분에 난죠 마오는 인생 최대의 아수라장을 벗어날 수 있었다.

"다들 오늘은 고마워. 정말 덕분에 살았어."
"아뇨, 저희도 메구 선배를 잃고 두문불출하고 있었는데 오랜만에 아수라장을 만끽해 즐거웠습니다."

"괜찮으면 또 불러줘."

"마오찡을 위해서라면 언제든 달려올게."

현관 앞까지 배웅을 나온 마오가 진심으로 감사인사를 건넸고 그 인사에 쵸노 일행이 미소로 답한 후 그들은 각자의 집으로 돌아갔다.

하나같이 비틀거리는 발걸음이 이번 일의 가혹함을 말해주고 있었지만 다행히 학교가 쉬는 날이니 집에서 푹 쉬었으면 좋겠다.

가족의 곁으로 돌아가는 전우들을 배웅하며 마오는 옆에 선 케이키에게 말을 걸었다.

"저 사람들, 부탁하면 또 어시스턴트를 해줄까?"

"글쎄? 해줄 것 같은데……."

그렇게 말하며 그는 뭔가 히죽히죽 즐거운 듯 미소를 띠었다.

"……그 얼굴 뭐야?"

"아니, 난죠가 그런 말을 하는 게 드문 일이라."

"실제로 꽤 도움이 됐으니까."

"다행이다. 소개한 입장에서 난죠의 마음에 안 들면 어쩌나 걱정했는데."

"뭐, 마오찡이라고 부르진 않았으면 좋겠지만."

처음엔 긴장했지만 생각보다 마음 좋은 녀석들이었다.

생각한 것 이상으로 착실하게 일을 해줬고.

참고로 야식의 여신인 미즈하는 원고를 송신한 직후 '그럼 난 좀 쉴게'라고 말하며 본인의 방으로 돌아갔다.

마오와는 달리 항상 건강한 생활을 하려고 노력하는 그녀였다.

익숙하지 않은 철야로 피곤했겠지.

아마 지금쯤 깊이 잠들어 있을 테니 쵸노 일행을 배웅한 지금 이곳에 있는 건 마오와 케이키 둘뿐이었다.

"키류도 고마워. 덕분에 살았어."

"난 아무것도 안 했는데."

"그렇지 않아. 나로서는 조력자를 데려올 수 없었을 테니까."

지금까지 동인지에만 몰두한 폐해였다.

서예부에 들어가 조금은 나아졌지만 기본적으로 마오는 사람들과 어울리는 게 서툰 인종이었고 그래서 지금까지 다른 사람과의 교류는 온 힘을 다해 피해왔다.

하지만 이번 일로 통감했다.

곤란할 때 의지할 상대가 없는 공포를.

동시에 개인의 힘에는 한계가 있다는 걸 깨달았다.

실제로 케이키의 인맥이 없었다면 원고를 제 시간 안에 끝내지 못했겠지.

"난 키류에겐 폐만 끼치네."

"폐라고 생각한 적 없는데."
"뭐, 키류는 그런 녀석이었지."
알고 있었다.
이 녀석은 그때부터 바뀌지 않았다.
1학년 때, 제비뽑기로 도서위원이 될 뻔한 마오를 구해준 것처럼.
슬럼프에 빠졌을 때 다정하게 등을 밀어준 것처럼.
딱히 마오가 특별한 게 아니라 앞으로도 눈앞에서 누군가가 곤란해하면 이 남자는 발 벗고 나서서 도와주려고 하겠지.
그것 때문에 개인적인 시간이 줄어든다 해도 상관없이.
정말 손해 보는 성격이었다.
"……키류는 정말 바보야."
"뭐? 왜?!"
"걱정 마, 칭찬이니까."
"바보라는 말만 들었는데……."
머리 위로 큰 물음표를 띄우는 바보.
물론 착하지 않은 마오는 답을 알려주지 않았다.
(……큰일이야……나, 정말 안 되겠어…….)
원고가 마무리되고 맥이 빠졌기 때문일까.
(의식하면 머릿속이 키류 일색이 돼…….)
또 도움을 받았고, 안 그래도 맥스였던 호감도가 천정을 돌파해 달콤한 기분이 흘러넘쳐 멈추지 않았다.

게다가 지금은 단둘이었고 너무 의식해서 가슴이 두근거리는데 이 벽창호는 멍청한 얼굴로 멍하니 있었다.

(조금은 의식해도 되잖아…….)

사랑스러움과 괘씸함이 동시에 덮쳐서 얼굴이 빨개졌다.

부족하게나마 저항으로서 얼굴을 볼 수 없게 마오는 '휙' 고개를 돌렸다.

"응? 뭐야? 왜 고개를 돌려?"

"……몰라."

그럴 생각은 아닌데 냉정한 말투로 말하고 말았다.

하지만 지금 당장은 얼굴을 보여주기 싫었다.

아무튼 절대로 변명할 수 없을 정도의 레벨로 빨개져 있었으니까.

(정말 이젠 안 될 것 같아…….)

아무리 마음을 끊어내려고 해도 소용이 없는 듯했다.

어차피 사유키에겐 못 이긴다고 핑계를 대며 도망치듯 일에 몰두했는데 결국 이 마음을 없애지 못했다.

(난 키류를 포기할 수 없을 것 같아.)

정말 여자는 욕심 많은 생물이다.

취미도 일도 좋아하는 남자도.

소중한 걸 전부 놓기 싫다고 생각해 버리니까.

◇

"……아."

월요일 방과 후, 학교에서 집으로 향하는 길 도중에 마오는 걸음을 멈췄다.

그곳은 가장 가까운 슈퍼로, 가게 앞에 진열된 형형색색의 초콜릿에 시선을 빼앗겼다.

"그래, 벌써 그런 시기였구나……."

이제 곧 2월 14일.

너무 바빠서 잊고 있었는데 이 세상 여자들에게 결전의 날이 다가오고 있었다.

"그러니까 뭐? 키류에겐 신세를 졌으니까? 감사의 뜻으로 초콜릿을 건네는 건 당연한 일 아니야?"

누구에게 하는 변명일까.

묻지도 않았는데 초콜릿을 건넬 정당성을 설명하고 있었다.

"무난하게 기성품으로 줄지 직접 만든 걸 줄지가 문젠데……."

다친 손가락은 순조롭게 회복되어 내일이면 붕대도 풀 예정이었다.

결전의 날은 모레였으니까 직접 만든다 해도 시간 내에 줄 수 있었다.

작년에는 '직접 만든 초콜릿은 부담스러우려나?'라는 생각에 기성품을 준비했지만 당일에 용기를 못 내 건네주지 못했다.

무난하게 뒤탈 없는 기성품인가…….

애정을 담은 수제품인가…….

"……아니, 뭐, 그에 관해서는 일단 보류하고!"

그건 나중에 결정하기로 하고 일단 가게 안으로 들어갔다.

초콜릿을 건네는 것 자체는 결정된 사항이라는 사실에 굳이 태클은 걸지 않기로 했다.

"……응? 부장?"

"어머, 난죠잖아."

마음을 먹고 가게로 들어갔을 때 의외의 인물과 조우했다.

그녀가 있던 곳은 가게 앞 특설 코너가 아니라 가게 안 과자 코너.

마오처럼 교복 위에 코트를 걸치고 가방을 어깨에 멘 토키하라 사유키가 '이런 곳에서 뜻밖이네'라며 평소의 새침한 말투로 인사를 건넸다.

솔직히 그런 건 아무래도 상관없었다.

그보다 그녀가 손에 들고 있는 물체가 신경 쓰였다.

"대용량 초콜릿……."

게다가 설마 했던 500그램.

양으로 볼 때 그녀의 간식은 아니겠지.

"그건 밸런타인용 재료?"

"으응, 올해는 수제 초콜릿에 도전해보려고."
"시험은 괜찮으세요?"
"이래보여도 열심히 공부하고 있으니까 괜찮아."
시험은 15일이었지만 그녀의 성적이라면 정말 문제없겠지.
오히려 문제는 사유키가 부지런히 밸런타인 준비를 하고 있는 이 상황이었다.
"……그 초콜릿은 키류 녀석에게?"
"맞아. 난쵸랑 똑같이."
"난 딱히……."
"그리고 난 이제 부장이 아니야."
"그렇지만 이제 와서 호칭을 바꾸는 것도 이상하고. 나에게 부장은 부장이니까."
"편하게 이름으로 불러도 되는데. 사유키라든가."
"그건 역시……."
마오가 씁쓸한 표정을 짓자 사유키는 부드러운 미소를 보여주었다.
"그럼 난 계산을 해야 해서 이만——."
"아, 잠깐만요!"
"응?"
순간적으로 그녀를 불러 세웠다.
계속 궁금했는데 물어보지 못한 게 있었다.
그건 단순히 확인하는 게 무서웠기 때문이다.

그녀와 그가 정말 사귄다고 생각하면 무서웠다.

하지만 여기서 용기를 내지 않으면 올해도 초콜릿을 전하지 못할 것 같으니까——.

"……부장, 키류랑 사귀는 거예요?"

"뭐……?"

갑작스러운 질문에 사유키가 눈을 크게 떴다.

마오가 마른침을 삼키며 지켜보는 가운데, 중요참고인은 다음과 같이 진술했다.

"그래. 전날 케이키가 불러내서 좋아한다고 했어."

"으윽?!"

각오는 했지만 결정적인 발언이 날아들어 이상한 목소리가 흘러나왔다.

부장 왈, 케이키가 사유키에게 좋아한다고 전했다고 한다.

(그럼 역시 두 사람은…….)

최근 갑자기 가까워진 건 즉 그런 뜻으로…….

손을 얹은 가슴 안쪽이 타는 것처럼 아팠고 눈물이 나올 것 같았다.

"하지만 사귀진 않아."

"……네?"

생각지도 못한 대사에 마오가 고개를 들었다.

"그건……."

좋아하는데 사귀지 않는다니…….

"……무슨 뜻이에요?"

모순을 지적하자 그녀는 한순간 눈을 깔고 쓸쓸한 웃음을 띠며 일의 진상을 털어놓았다.

"난 케이키에게 차였어."

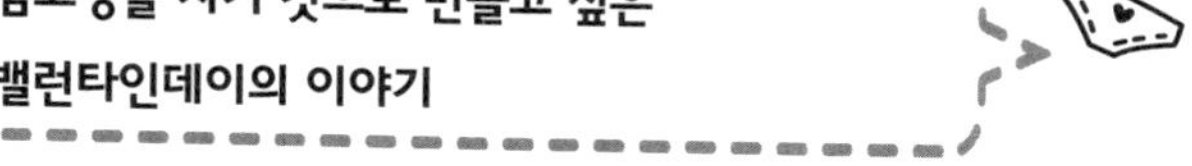

제4장 남고생을 자기 것으로 만들고 싶은 밸런타인데이의 이야기

2월 14일은 특별한 날이다.

이 세상 여자들이 신경 쓰이는 남자에게 초콜릿을 건네는 날이며 남자는 남자대로 신경 쓰는 여자에게 초콜릿을 받을 수 있을지 없을지 안절부절못하는, 1년에 단 한 번뿐인 큰 이벤트.

초콜릿처럼 달콤한 로맨스가 탄생할 수 있는 한편, 초콜릿을 받았는지 안 받았는지에 따라 확실하게 명암이 갈리는 잔혹한 심판의 날이기도 했다.

귀여운 여자에게 초콜릿을 받은 승자는 질투와 선망의 시선을 받고 못 받은 패자는 땅에 엎드려 슬픔의 눈물을 흘렸다.

그런 와중에 키류 소년은 어느 쪽이었냐면——뭐, 짐작한 대로 후자였다.

애초에 초콜릿을 줄 상대가 있었다면 모태솔로 역사를 매년 갱신하지 않았겠지.

당시부터 이성과의 교제를 동경하긴 했지만 슬프게도 초콜릿을 주려는 여자 지인은 없었고 안타까운 마음으로 학교를 뒤로하는 게 일상이었다.

그런 케이키에게 유일하게 초콜릿을 준 사람이 여동생인

미즈하였다.

예를 들어 중학교 시절 밸런타인에는,

“으윽……흑……올해도 초콜릿을 못 받았어…….”

“어머, 그거 아쉽게 됐네…….”

그렇게 슬퍼하며 돌아온 오빠를 오냐오냐 위로한 후,

“가엾은 오빠에게 귀여운 여동생이 초콜릿을 줄게.”

그렇게 말하며 당시에는 세일러 교복을 입고 있던 미즈하가 직접 만든 초콜릿을 건넸다.

그 해뿐만이 아니었다. 그녀는 매년 빠뜨리지 않고 초콜릿을 준비했다.

케이키에게 밸런타인은 학교 여자애들이 아니라 여동생에게 초콜릿을 받는 날이었다.

달콤한 행복을 맛보지 못해 밸런타인을 까닭 없이 싫어하는 사람도 있는 가운데 그날이 그렇게 싫지 않았던 건 미즈하 덕분이었다.

그리고——.

“올해도 이날이 찾아왔구나…….”

아침, 스마트폰 알람으로 눈을 뜬 케이키는 울적한 표정으로 중얼거렸다.

손에 든 스마트폰에 표시된 날짜는 2월 14일.

남자도 여자도 똑같이 안절부절못하는 밸런타인데이 당일이었다.

◇

"쇼마, 부디 받아주세요!"

"고마워, 코하루."

케이키가 등교하는데 교문 앞에서 코트를 입은 코하루가 쇼마에게 초콜릿 상자를 건네고 있었다.

직접 만들었겠지, 귀여운 리본을 곁들인 하트 모양 상자를 받아들고 쇼마가 행복한 듯 미소를 지었다.

"입에 맞았으면 좋겠는데……쇼마는 초콜릿을 많이 받을 것 같아서……."

"나에겐 코하루의 초콜릿이 제일이야."

"쇼마……."

"코하루……."

쇼마와 코하루가 서로 바라보았다.

당장이라도 키스할 것 같은 분위기에 초콜릿도 녹아내릴 것처럼 후끈거렸다.

그런 러브러브 커플을 멀찍이 떨어져서 지켜보던 케이키가 중얼거렸다.

"아니, 여긴 사람들이 엄청 지나다니는 교문 정중앙인데……."

반복하지만 그들이 꽁냥거리고 있는 곳은 교문 앞.

쇼마와 코하루는 등교하는 학생들의 시선을 둘이서 독차지하고 있었다.

"헉?! 나도 참, 무심코 이렇게 사람들이 많은 곳에서……!"

그렇게 목적을 달성한 코하루가 부끄러운 듯 뛰어가 버리고 말았다.

"안녕, 케이키. 좋은 아침."

"좋은 아침."

남겨진 케이키와 쇼마 두 사람은 아무 일도 없었던 것처럼 학교로 향했다.

"코하루 선배도 대담하네. 그렇게 눈에 띄는 장소에서 초콜릿을 건네다니."

"계속 건네줘야 한다는 생각만 하느라 주변이 보이지 않았나 봐. 나중에 알아차리고 새빨개져서 뛰어갔어."

"네 여자친구 너무 귀여운 거 아니야?"

진심으로 부러웠다.

"쇼마도 아까부터 실실 웃고 있고……."

"연인에게 받은 첫 초콜릿이니까. 이걸로 나도 밸런타인의 트라우마를 극복할 것 같아."

"트라우마? ――아아, 초콜릿 범벅인 누나들에게 습격당했다고 했지?"

쇼마는 옛날 알몸의 쌍둥이 자매에게 '날 먹어줘'라는 공격을 받은 적이 있다고 했다.

그 트라우마도 귀여운 연인이 주는 초콜릿이 녹여준 듯 했다.
“케이키도 받을 수 있었으면 좋겠네.”
“만일 못 받아도 나에겐 『약속된 승리의 초콜릿』이 있으니까.”
“그게 뭐야?”
“매년 초콜릿을 주는 미소녀가 있거든.”
“아아, 미즈하?”
납득한 듯 쇼마가 피식 웃었다.
“그러고 보니 미즈하는 같이 안 왔네.”
“오늘 주번이래.”
이러저러한 이야기를 나누는 사이에 승강구에 도착.
둘이서 신발장 앞에 섰다.
“어쩌면 케이키의 신발장에 수줍음 많은 여자애가 숨겨놓은 초콜릿이 들어있을 수도 있어.”
“설마.”
역시 그럴 일은 없을 거라고 웃으며 케이키가 신발장을 열었다.
그런데 그 안에 낯선 물체가 들어 있었다.
“……응?”
아쉽게도 초콜릿은 아니었다.
펼쳐진 상태로 가만히 놓여 있던 그건 명백한 여성용 속옷으로 아무튼 섹시한 칠흑의 팬티였다.

(왜 이런 곳에 팬티가?!)

신발장에 팬티가 동봉되어 있다니, 완전 의미 불명이었다.

그에 더해 검은색 팬티에는 메모 조각이 함께 첨부되어 있었는데, 수기로 『과연 이건 누구의 팬티일까요? 정답을 맞히면 호화 상품을 선물로 드립니다』라고 쓰여 있었다.

"대체 이게 무슨 뜻이지?!"

정말 전대미문의 퀴즈.

속옷을 넣은 범인의 도전장이었다.

"케이키? 왜 그래?"

"아무것도 아니야!!"

그렇게 답하며 서둘러 팬티를 교복 오른쪽 주머니에 찔러 넣었다.

누군가에게 들키면 속옷 도둑 용의를 뒤집어쓰게 되겠지.

(이건 대체 누구의 팬티야?!)

발신인 불명의 팬티 불가사의, 제2탄.

뭔가 반가움조차 느껴지는 새로운 사건의 막이 열렸다.

그 이후, 교실로 들어가 자리에 앉은 케이키의 머릿속은 팬티로 가득 차 있었다.

"누가 신발장에 팬티를 넣었지……?"

투척된 건 신데렐라가 떨어뜨린 순백의 팬티와는 정반대

인 아주 섹시한 검은 팬티.

교복 주머니에 찔러 넣은 이 팬티의 소유자는 누굴까?

"또 미즈하 짓인가? ……하지만 그땐 갈아입은 팬티를 회수 못 했을 뿐, 본인 의사로 남긴 건 아니었는데……."

지금 현재 미즈하가 했다는 증거는 없었다.

일방적으로 단정하는 건 경솔한 생각이겠지.

"일단 좀 추리해볼까?"

추리라 해도 애초에 짐작은 하고 있었다.

범인은 십중팔구 잘 아는 변태 소녀 중 누군가임이 틀림없었다.

아니, 그녀들 말고 신발장에 팬티를 투입할 여학생은 없었다.

"우선 나가세는 말도 안 되지."

나가세 아이리는 어른 남성을 싫어했다.

남자의 신발장에 자신의 팬티를 넣는 짓은 하지 않을 것이다.

"난죠도 아니고."

난죠 마오는 BL을 사랑하는 부녀자.

팬티를 투척하고 기뻐하는 취미는 없을 것이다.

"그럼 수상한 건 유이카랑 사유키 선배, 미즈하랑 타카사키 선배 정도인가? 이 4명이라면 누가 범인이라 해도 이상하지 않지……."

유이카는 신발장에 브래지어를 넣은 전과가 있었다.

사유키는 변태니까 이런 짓을 저질렀다 해도 납득할 수 있었다.

미즈하는 노출마였고 이게 노출 플레이의 일환일 가능성도 있었다.

시호 또한 그렇게 보여도 꽤 변태였기에 남의 남자를 빼앗는 쾌감을 얻기 위해 팬티를 사용해 인간관계를 엉망으로 만들 계획을 세웠다 해도 이상하지 않았다.

사실, 작년 크리스마스 때는 그녀가 '케이키는 청초한 여자를 좋아해☆'라고 말하며 서예부 여학생들을 선동한 탓에 힘든 일을 겪었다.

"나머지는 뭐, 후지모토도 하려고만 하면 할 수 있을 것 같아……."

현 학생회장인 후지모토 아야노.

그녀는 굳이 말하자면 팬티 교환을 권할 냄새 페티시스트인 변태 소녀였다.

케이키가 입은 팬티를 원한 나머지 본인의 팬티를 내미는 것도 꺼리지 않을 비교적 진지한 변태였으니 아야노가 범인일 가능성도 제로라고 단정할 수 없었다.

"……아니, 난 왜 밸런타인에 이런 고민을 하고 있지?"

주위 남학생들은 '벌써 초콜릿 받았어?'라든가 '아직이지, 지금부터라고'와 같은 이야기만 하고 있는데.

여학생들은 여학생들대로 '누구누구한테 전할 거야——'
라든가 '누구누구라면 가능해~' 같은 느낌으로 이쪽도 밸런
타인데이다운 대화가 펼쳐지고 있었다.

그런데 케이키의 트렌드는 소유자 불명의 섹시한 팬티.

허락된다면 본인도 초콜릿에 대한 이야기를 나누며 흥분
하고 싶었다.

"뭐, 여성용 팬티를 갖고 있는 건 위험하고 버린다 해도
누군가에게 들키면 문제가 될 것 같으니까 주인에게 돌려줄
수밖에 없지만."

어쩌면 팬티는 이 세상에서 가장 처리하기 곤란한 물건일
지도 모른다.

"……키류."

"응?"

고개를 들자 케이키 옆에 방금 등교한 마오가 서 있었다.

코트를 입은 상태로 학생 가방을 손에 든 채였으니 본인
자리로 가기 전에 들렀다는 걸 추측할 수 있었다.

"아, 난죠? 좋은 아침."

"……좋은 아침."

"?"

한 템포 늦은 대답과 그녀의 굳은 표정에 케이키가 고개
를 갸웃거렸다.

왠지 마오의 상태가 이상했다.

어딘가 안절부절못하며 불안해하고 있다. 일부러 교실에서 인사하러 온 것도 드문 일이었다.

뭔가 볼일이 있어서 말을 걸었겠지만.

"난죠?"

"……."

이렇게 말을 걸어도 대답이 없었다.

게다가——.

(뭔가 말하고 싶어 하는 느낌으로 머뭇거리고 있잖아? ……헉?! 이건 설마——.)

그 순간, 케이키 머릿속에서 한 가지 가설이 떠올랐다.

(난죠가 사건의 범인이며 『지금 노팬티』인 상태는 아니겠지?!)

난죠 마오는 아까 범인 후보에서 제외했다.

하지만 머뭇거리는 원인이 노팬티에 의한 것이라면 이야기는 별개였다.

(그렇다 해도 '난죠 지금 노팬티야?'라고 물을 수도 없고…….)

그녀가 범인이라는 확증은 없었다.

아니라면 그냥 성희롱이 된다.

이럴 땐 자연스러운 대화의 흐름 속에서 정보를 수집할 수밖에 없었다.

"그러고 보니 난죠, 손가락 붕대는 풀었네."

"뭐? ……아, 응. 원래 2, 3일이면 좋아질 거라 했으니까."
"혹시 붕대랑 같이 팬티도 벗었어?"
"그게 무슨 소리야?!"
신변의 위험을 느낀 것인지 순간적으로 치마 앞을 꽉 누르는 마오.
그 표정은 치한을 만난 피해자의 그것으로, 실로 냉담한 시선을 받게 되었다.
아무래도 단어 선택을 잘못한 것 같았다.
"당연히 입고 있지. 아침부터 성희롱이라니, 이유를 모르겠네."
"그렇겠지."
갑자기 노팬티 의혹을 언급해서 화가 난 듯했다.
(역시 난죠는 범인이 아닌 것 같아.)
이 반응이 연기라고는 생각할 수 없었다.
원래 별로 의심하지도 않았으니 마오는 무죄라고 판단해도 되겠지.
"그런데 뭔가 용건이 있었던 거 아니야?"
"……이제 됐어. 키류 바보."
조용한 욕지거리를 남긴 채 마오가 자기 자리로 가버렸다.
그녀 특기의 불만을 감추려고 하지 않는 뚱한 얼굴을 유지한 채.
(결국 뭐였지……?)

여전히 여자의 마음은 읽을 수 없었다.

신발장에 팬티를 넣는 여자의 마음도, 빨간 머리의 여자 친구가 왜 화가 났는지도 키류 소년에겐 똑같이 어려운 문제였다.

◇

검은 팬티 사건 조사에 진전이 없는 가운데 맞이한 점심시간.

오늘 아침 일로 아직 화가 나 있는 듯, 무뚝뚝한 얼굴의 마오가 계속 이쪽을 노려보고 있어서 미즈하가 정성스럽게 싸 준 도시락을 다 먹은 케이키는 도망치듯 자리를 벗어났다.

범인을 찾기 전에 주스라도 조달하자.

그런 생각을 하면서 교실을 나와 터덜터덜 복도를 걷고 있는데 갑자기 눈앞에서 두 명의 여학생이 앞을 가로막았다.

"케이키 선배, 발견!"

"도망칠 수 있을 거라 생각하지 마세요, 키류 선배!"

"유이카? 나가세까지?"

맞은편 오른쪽엔 금발 벽안의 코가 유이카.

왼쪽엔 황갈색 트윈테일의 나가세 아이리.

미소녀 두 명의 등장에 케이키가 당황하자 후배 콤비가 동시에 거리를 좁혔다.

"갑작스럽지만 케이키 선배. 잠시 이쪽으로 좀 와주세요!"
"뭐?"
"귀여운 후배가 와달라고 했으니까 키류 선배는 얌전히 따라오면 돼요!"
"뭐? 잠깐만……어, 어디 가는데?"
이유를 알지 못한 채 갈팡질팡하는 사이에 두 사람에게 손을 붙잡혀 이동했다.
그렇게 끌려간 곳은 인기척이 없는 특별교실동 어느 교실.
겨우 손을 놓고 유이카가 핑크 리본으로 포장된 상자를 꺼냈다.
"자, 여기요. 유이카가 주는 밸런타인 초콜릿이에요."
"고, 고마워……."
"고마워하셔야죠. 어차피 케이키 선배는 가족에게밖에 못 받을 것 같아서 준비했어요."
"확실히 미즈하가 아닌 다른 여자애한테는 처음 받아봐."
"네? 정말 유이카가 처음이에요? ……흐──음, 그래요……? 유이카가 처음이라고요……? 에헤헤……."
처음인 게 기뻤던 듯 유이카가 싱글벙글.
사랑스럽게 미소 짓고 있었다.
(뭐야, 이 생물은, 여전히 귀엽잖아.)
그러자 이번에는 반대편에서 꾹꾹 교복 소매를 잡아당겼다.

실룩
실룩

"저기, 키류 선배……."
"나가세?"
"이건 제가 드리는 거예요."
"뭐? 받아도 돼?"
아이리가 내민 건 유이카와 색깔이 다른 하늘색 리본이 묶인 상자…….
"차, 착각하지 마세요. 키류 선배에겐 신세를 졌고 수첩도 주셔서 이건 그에 대한 보답이니까."
"고마워, 나가세."
유이카에 이어 아이리에게도 초콜릿을 받았다.
이걸로 받은 초콜릿은 2개.
자신의 최고 획득 수를 단번에 갱신하고 말았다.
"그리고 얼마 전엔 죄송했어요."
"아, 딱히 신경 안 써."
아이리가 말하고 있는 건 학생회실로 연행됐을 때의 이야기겠지.
케이키가 유이카의 고백을 거절한 걸 납득할 수 없었던 듯 여러 가지 말을 들었지만 그녀도 유이카를 위해 화를 낸 거니까 그걸 책망할 생각은 없었다.
"응? 얼마 전이라니, 무슨 말이에요?"
"유이카는 신경 안 써도 돼."
"으음? 뭔가 수상한데요……."

"그보다 키류 선배, 이 초콜릿은 나랑 유이카 둘이서 만들었어요. 제대로 맛보면서 드세요."

"아, 맞아요! 유이카랑 아이리의 사랑을 잔뜩 담았으니까 남기면 안 돼요!"

"나, 나는 사랑 같은 거 안 넣었거든요?!"

얼굴을 빨갛게 물들이며 안정적인 츤데레를 작렬시키는 나가세.

이건 이거대로 흥분되는 부분이 있었지만 그보다도――

"설마 직접 만들었어……?"

야기된 사실에 강한 충격을 받았다.

(귀여운 후배 둘이 열심히 초콜릿을 만드는 장면을 상상하면……응, 꽤 좋은데? 이 영상만으로도 배가 부를 것 같아.)

……아니, 아니, 그런 게 아니라.

지금은 수제 초콜릿에 들떠 있을 때가 아니었다.

(마침 용의자 한 명이 등장했으니까 조사를 좀 해볼까?)

이 기회를 놓칠 순 없었다. 팬티 범인이 유이카인지 아닌지 확인해보자.

"그런데 유이카."

"네, 왜요?"

"유이카는 어떤 색 팬티를 좋아해?"

"네?!"

"흰색이랑 검은색, 둘 중 취향이 어느 쪽인지 정도라도 대답해 주면 기쁠 것 같은데."

"케이키 선배?!"

그 질문에 유이카는 말문이 막혔고,

"저기, 키류 선배?! 갑자기 무슨 질문을 하는 거예요?!"

거기에 아이리까지 참가해 후배 둘이 빽빽거리며 시끄럽게 굴었다.

표현이 너무 직설적이었을지도 모른다.

"오해하지 마. 난 그저 화이트데이 선물에 참고하고 싶은 것뿐이니까."

"케이키 선배는 화이트데이에 팬티를 선물할 생각이에요?!"

"변태인 줄은 알았지만 이 정도일 줄은 몰랐어요……."

하급생들이 케이키에게서 거리를 뒀다.

완전 변태를 대하는 것 같은 거리감.

둘 다 더러운 쓰레기를 상대하는 듯한 눈빛을 하고 있는 걸 보면 역시 성희롱이 지나쳤던 모양이다.

(뭐, 아마 이 두 사람은 범인이 아닐 테니까 이야기해도 괜찮겠지?)

변태 취급당하긴 싫어서 이쪽 사정을 설명했다.

"이상한 질문을 한 건 미안해. 실은 오늘 아침 내 신발장에 여자 팬티가 들어 있었는데 그 소유자를 찾고 있어."

"신발장에 팬티……요?"

"키류 선배, 할 거면 좀 더 그럴싸한 변명을 하세요."

"거짓말 같지만 진짜야."

지금도 주머니 속에 증거인 팬티가 들어 있었다.

꺼내면 정말 변태라고 인정할 것 같아 꺼내진 않았지만.

"그래서 케이키 선배는 유이카를 의심한 거군요."

"유이카는 신발장에 브래지어를 넣은 전과가 있으니까."

"……유이카?"

"에헷♪"

'거짓말이지?'라는 의미가 담긴 아이리의 시선에 유이카가 귀여운 미소로 얼버무렸다.

"그래서 말인데, 두 사람은 뭔가 몰라?"

"유이카는 아무것도 몰라요."

"나도 특별히 짚이는 건 없어요."

"뭐, 그렇겠지."

범인도 범행 때는 주위를 경계하고 있었을 것이다.

그렇게 쉽게 목격자가 나올 거라고 생각하진 않았다.

조사를 일단락 지으려던 그때, 유이카가 '아, 하지만……'이라며 뭔가 떠오른 듯 중얼거렸다.

"그러고 보니 오늘 아침 승강구 근처를 후지모토 선배가 서성이고 있었어요."

"후지모토가?"

"네. 말을 걸었더니 도망치듯 가버렸지만. 지금 생각해보니 2학년 신발장 근처에 있었던 것 같기도 하고……."

"과연……."

그건 귀중한 정보였다.

신발장 부근에서 서성였다는 건 매우 수상했다.

유력한 정보에 기뻐하던 그때, 바지 주머니에서 스마트폰이 진동했다.

"……후지모토?"

메시지 발신자는 방금 이름이 거론된 인물로.

그 내용은 『서둘러 학생회실로 와줘』라는 케이키를 호출하는 문장이었다.

"실례합니다."

"키류, 어서 와."

호출에 응해 학생회실로 찾아갔더니 애타게 기다리고 있었던 듯 아야노가 달려와 맞이했다.

"여기 앉아."

"아, 응."

시키는 대로 안으로 들어가 소파에 앉았다.

등받이에 등은 기대지 않고 긴장한 얼굴로 아야노에게 설명을 요구했다.

"그래서 난 왜 불렀어?"

"반대로 키류에게 질문. 오늘이 무슨 날일까요?"

"뭐? ……그러니까……밸런타인데이?"

"정답. 밸런타인데이라서 초콜릿 케이크를 만들어봤어. 키류에게 맛보여주고 싶어서."

"뭐?"

"혹시 지금 배불러?"

"마침 단 걸 먹고 싶었어."

"다행이다. 금방 준비할게."

들뜬 목소리로 아야노가 말했다.

그녀가 준비에 착수했고 이윽고 홍차의 좋은 향기가 감돌았다.

"후지모토가 직접 만든 케이크라."

아야노의 취미는 과자 만들기였다.

그 실력은 꽤 대단했는데 전에 그녀가 만들어준 애플파이는 일품이었다.

이번 케이크도 틀림없이 훌륭하겠지.

"오래 기다렸습니다."

"이, 이건……?!"

등장한 케이크에 눈을 크게 떴다.

아야노가 테이블에 올려놓은 접시 위, 그곳에 자리 잡은 건 파티시에가 만들었을 법한 한 조각의 초콜릿 케이크였다.

"정말 대단한데?!"

초콜릿으로 코팅해 매끈매끈 고급스러움이 느껴지는 광택에 생지와 크림으로 구성된 단면은 훌륭하다고 할 수밖에 없었다.
여전히 가게에 진열된다 해도 이상하지 않을 레벨의 일품이었다.
"이번에는 꽤 열심히 만들어봤어."
"아니, 이건 너무 열심히……잠깐, 너무 가까운데?!"
예상 밖의 사태에 무심코 소리를 질렀다.
배식을 끝낸 아야노가 옆에 앉아 닿기 직전까지 그 몸을 기댔다.
(이 사람은 왜 항상 이렇게 다가올까?! 혹시 냄새?! 그렇게 가까운 거리에서 내 냄새를 빨아들이고 싶은 거야?!)
오히려 아야노의 몸에서 좋은 냄새가 나서 이쪽이 긴장되는데.
그런 남자의 고뇌 따위 꿈에도 모른 채 그녀는 본인 페이스대로 접시를 들고 한입 크기로 자른 케이크를 케이키를 향해 내밀었다.
"키류, 아——앙……해봐."
"뭐?"
"아야노가 먹여줄게. 밸런타인데이 초콜릿은 여자가 먹여주는 걸로 완성된다고 인터넷에 쓰여 있었어."
"후지모토는 대체 어떤 기사를 읽는 거야?"
"그러니까 어서 먹어."
"……그럼 잘 먹겠습니다."

아야노가 이렇게까지 해줬으니까.

각오하고 그녀가 내민 케이크를 덥석 입에 넣었다.

"이, 이건……?!"

"맛은 어때?"

"너무 맛있어!"

아야노의 특제 케이크는 일품이었다.

너무 달지도 않은 절묘한 초콜릿의 풍미와 생지의 폭신폭신한 식감이 지금까지 먹었던 어떤 초콜릿 케이크보다도 맛있었다.

"하지만 가능하면 내 페이스대로 맛보면서 먹고 싶은데."

"알았어."

한 번 주고 만족한 건지 순순히 접시와 포크를 건넸다.

그 이후에는 뜨거운 홍차를 함께 곁들이며 묵묵히 케이크를 먹었다.

"잘 먹었어. 엄청 맛있었어."

"별것도 아닌걸."

"이건 꼭 보답을 해야 되겠네."

"그럼 키류가 하루 착용한 팬티를——."

"그것 말고 다른 걸로 부탁드릴게요."

뭐, 보답에 대해서는 화이트데이가 가까워지면 생각하자.

지금은 케이키의 팬티보다 신발장에 투척된 검은 팬티가 더 중요했다.

"맞다, 후지모토."
"왜?"
"오늘 아침 후지모토가 신발장 근처를 서성였다고 들었는데."
"으엑?!"
슬쩍 속을 떠봤는데 옆에 앉은 용의자가 움찔 어깨를 떨었다.
"무, 무무무무무슨 말인지 아야노는 하나도 모르겠는데?!"
"이렇게 당황하는 후지모토는 처음 봐……."
명백하게 짚이는 게 있는 것 같은 반응이었다.
(이렇게 당황하는 모습……정말 후지모토가 팬티를 투척한 범인일까?)
이대로 추궁하면 결점을 드러낼지도 모른다.
조금 더 살피기로 했다.
"하지만 우리 귀여운 후배가 후지모토를 봤다고 했어. 사실은 뭔가 해선 안 되는 일이라도 한 거 아니야?"
"윽……."
"솔직하게 말하면 편해질 거야."
"으, 으으윽……."
그리고 후지모토는 자백했다.
"실은 좋아하는 사람의 신발장에 초콜릿을 넣어두려고 했어…….”

“초콜릿을? 팬티가 아니라?”

“응? 왜 팬티가 나와?”

“아니, 아무것도 아니야……계속해.”

“난 정말 초콜릿을 넣으려고 한 것뿐이야. 하지만 막상 신발장 앞에 오니까 갑자기 부끄러워져서 그래서 서성였어…….”

“과연…….”

아야노에게는 짝사랑하는 상대가 있다는 사실이 판명되었다.

그 남자에게 초콜릿을 건넬 생각으로 승강구에 있던 아야노였지만 신발장에 넣기 전 유이카에게 들키고 단념한 것이었다.

“그래서 그 사람에게는 전했어?”

“……응, 맛있게 먹어줬어.”

뺨을 붉게 물들이며 기쁘다는 듯 수줍어하는 아야노.

좋아하는 사람에게도 무사히 초콜릿을 전한 것 같아 무엇보다 다행이었다.

다만 검은 팬티에 대해서 유익한 정보는 얻지 못했고 후지모토 아야노도 결백하다는 결과로 끝났다.

학생회실을 뒤로 한 케이키는 차분해질 장소를 찾아 도서실로 걸음을 옮겼다.

따로 이용객이 없었기 때문에 테이블석을 독차지한 채 생각에 몰두했다.

"으——음……좀처럼 범인을 찾을 수가 없네……."

힌트도 전혀 없는 상황에서 범인을 특정하는 건 더없이 곤란했다.

현장에 남겨진 증거는 검은 팬티와 이쪽을 도발하는 듯한 내용의 메모용지.

정답을 맞히면 상품을 준다는데 과연 어디까지가 진짜인지 알 수 없었다.

(정체를 알게 되면 상품을 준다는 건 찾아달라는 뜻이겠지…….)

그렇다면 이 게임에는 무슨 의미가 있을까.

남자에게 팬티를 보내고 이런 짓을 하는 이유.

그걸 알면 범인에 다가갈 수 있을지도 모르는데…….

"——왜 그렇게 어두운 얼굴을 하고 있어?"

"으앗?!"

밝은 목소리와 동시에 등 뒤에서 누군가가 끌어안았다.

목에 팔을 둘러 깜짝 놀라 얼굴을 옆으로 돌리다 장난기 가득한 미소를 짓고 있는 여학생과 눈이 마주쳤다.

"타카사키 선배?"

"얏호, 케이키♪"

그를 덮친 건 전직 학생회장 타카사키 시호였다.

긴 웨이브 머리의 상급생이 밀착한 상태로 물었다.
"이런 곳에서 뭐 해? 혼자 쓸쓸해하면 누나가 끌어안아 버린다?"
"이미 끌어안았잖아요?"
잘못하면 부드러운 가슴이 닿을 것 같은 게, 평범한 남자라면 한방에 '이 사람, 날 좋아하는 거 아니야?'라고 착각할 정도의 거리였다.
"으음……모처럼 만났으니까 조금 더 즐겨도 될 텐데……."
"갑자기 안겨서 깜짝 놀란 것뿐이에요."
"후후훗, 시호 선배의 허그는 자극이 너무 강했나?"
뻔뻔한 미소를 지으며 몸을 뗀 후 그녀는 서서 대화를 이어나갔다.
"혹시 케이키, 벌써 누군가에게 초콜릿을 받았어?"
"비밀이에요."
"오오, 그 반응은 몇 갠가 받은 것 같은 분위기네. 10개 정도?"
"언젠가 그 정도 받아보고 싶네요."
"하지만 아이리랑 아야노에게는 받았잖아?"
"네? 어떻게 그걸?"
"그 아이들은 케이키를 정말 좋아하니까."
"그, 그런가요?"
그런 말을 듣고 쑥스러웠다.

그녀들과는 임시 임원 시절에 꽤 친해졌다고 생각했는데 상대도 똑같이 생각하고 있다면 솔직히 기뻤다.

"물론 나도 케이키를 정말 좋아해."

"그건 감사합니다……."

"그러니까 정말 좋아한다는 증거로 치로루 초콜릿을 줄게."

"감사합니다."

한입 사이즈의 귀여운 초콜릿을 받고 말았다. 기뻤다.

"그러고 보니 케이키, 아까 복잡한 얼굴로 끙끙 신음하고 있던데 뭔가 고민이라도 있어?"

"아――, 좀 어려운 퀴즈의 정답을 생각하고 있었어요."

"어떤 퀴즈?"

"신발장에 투척된 검은 팬티의 소유자를 맞추는 퀴즈예요."

"아니, 그건 대체 어떤 퀴즈야? 굉장히 궁금한데."

시호도 일단 용의자였다.

따라서 은근슬쩍 속마음을 떠봤는데 흐트러지는 모습은 보이지 않았다.

(타카사키 선배도 범인이 아닌가?)

엉뚱한 팬티 퀴즈에 대한 이야기에도 그저 이상해할 뿐이었다.

그녀가 범인이라면 조금 더 동요가 얼굴에 드러났을 것이다.

"아, 하지만 팬티라면……."

"뭔가요?"
"최근에 토키하라가 케이키는 어떤 속옷을 좋아하는지 물어봤었어."
"무슨 대화를 나누신 거예요……?"
여고생이 학교에서 이야기할 만한 내용은 아니었다.
다만 그 질문에 시호가 어떤 대답을 했는지는 궁금했다.
"그래서 타카사키 선배는 뭐라고 대답했어요?"
"그러니까……분명 '남자라면 분명 엄청 섹시한 속옷이겠지?'라고 대답했던가?"
"엄청 섹시한 속옷이라뇨?"
"응? 야한 속옷 싫어해?"
"노코멘트할게요."
싫은 건 아니지만 말을 덧붙이진 않았다.
참고로 청초한 속옷도 아주 좋아한답니다.
"그 이후 사유키 선배는 뭐라고?"
"굉장히 멋진 미소를 지으면서 '케이키가 흥분할 정도로 엄청 야한 속옷을 준비할게'라고 말했어."
"그래요……?"
준비한 건가? 엄청 야한 속옷을.
그건 굉장히 신경 쓰였다.
속옷이 문제가 아니라 중요한 건 새로운 팬티를 샀다는 정보 쪽이었다.

교복 위로 주머니에 넣어놓은 팬티를 만졌다.

(사유키 선배가 준비한 엄청 야한 속옷이 이걸까?)

그녀가 준비한 속옷이 신발장에 투척된 검은 팬티일 가능성은 충분히 있었다.

그건 지금까지 중 가장 유력한 범인으로 이어지는 정보였다.

방과 후, 마지막 HR이 끝나고 케이키는 가방을 손에 든 채 교실을 나섰다.

빠른 걸음으로 복도를 답파하고 익숙한 길을 따라 목적지인 동아리실에 도착.

문화계 동아리실이 줄지어 있는 동아리실 건물, 그 2층에 있는 서예부 부실 안으로 들어갔다.

"수고하십니다."

"어머, 케이키."

공부하고 있었겠지.

다다미 공간이 아니라 의자에 걸터앉아 테이블과 마주한 사유키가 고개를 들었다.

"오늘은 일찍 왔네?"

"서둘러 왔거든요."

"날 엄청 보고 싶었나봐?"
"맞아요. 서둘러 확인하고 싶은 게 있어서요."
"어머, 뭘까?"
천연덕스럽게 고개를 갸웃거리는 상급생.
그런 그녀에게 케이키는 의기양양한 얼굴로 말을 내뱉었다.
"왜 내 신발장에 팬티를 넣었어요?"
"뭐? 무슨 소리야?"
"응?!"
온몸으로 어리둥절해하는 모습에 무심코 얼빠진 소리가 흘러나왔다.
예상으로는 여기서부터 추리소설에서 말하는 해결 파트가 시작되어야 했는데 돌아온 건 기대했던 것과는 정반대의 반응이었다.
기대가 어긋난 어설픈 탐정이 당황해서 다시 확인했다.
"사유키 선배가 넣은 거 아니에요?"
"그런 짓 안 했어."
"어떻게 된 거야……."
아무래도 성급히 판단한 것 같았다.
역시 대충 얼버무릴 수 없어서 사유키에게도 사정을 설명하기로 했다.
"……흐——음? 학교에 왔더니 신발장에 여자애 팬티가

들어있었다고? 왠지 재미있는 일이 벌어진 것 같은데?"
"하나도 재미없거든요."
"그래서 케이키는 날 범인이라고 확신했다는 거구나."
"면목 없습니다."
"괜찮아. 내가 엄청 야한 속옷을 준비한 건 정말이니까."
"……뭐라고요?"
"게다가 지금 입고 있지."
"뭐라고요?!"
"케이키가 꼭 보고 싶다면 특별히 보여줄 수도 있는데. 물론 나름대로 책임은 져야겠지만."
"네? 사양할게요……."
엄청 야한 속옷이 얼마나 일품인지 흥미는 있었지만 져야 할 책임이라는 게 너무 무서워서 참았다.
"하지만 마침 잘됐어. 나도 케이키에게 용건이 있었으니까."
"용건?"
"으응, 맞아. 중요한 용건."
뭔가 피식거리며 자리에서 일어난 그녀가 다가왔다.
그리고 '에잇'이라는 소리와 함께 끌어안았다.
그녀는 애정이 듬뿍 담긴 허그를 선보이며 후배의 가슴에 얼굴을 꽉 누르다, 그대로 어리광 부리듯이 뺨을 볼에 비볐다.
"사, 사유키 선배? 뭐 하는 거예요?"

“어리광 정도는 부려도 되잖아”
고개를 든 그녀가 놀리는 듯 미소를 지었다.
“왜냐하면 난 케이키의 첫사랑 상대니까.”
“윽…….”
그랬다.
그녀, 토키하라 사유키는 케이키의 첫사랑이었다.
그렇다 해도 그 마음을 깨달은 건 설산 합숙 이후의 일.
밤에 베란다에서 마오와 이야기를 나누고 그녀의 말에 감명받은 케이키는 방으로 돌아와 자신의 마음과 마주했다.
그 과정에서 어느샌가 사유키에 대해 품고 있던 특별한 감정을 자각했다.
유령 부원도 상관없다 했는데 매일처럼 부실에 들른 것도 동경 외에 사유키에 대한 호감이 있었기 때문이었다.
어쩌면 눈치채지 못했을 뿐, 중앙 정원에서 만난 그 순간부터 사랑에 빠졌을지도 모른다.
“저기, 케이키는 나의 어디가 좋았어?”
“그건……뭐, 여러 가지가 있었어요.”
“여러 가지?”
적당히 얼버무리려고 했는데 더욱더 깊이 파고들었다.
아무래도 놔주지 않을 것 같았다.
“후배를 아끼는 다정한 모습이라든가 뒤에서 노력하는 노력파 같은 모습이라든가 완벽하게 보이지만 의외로 약점이 많은 점도 귀엽다고 생각했어요."
"아, 으응……."
"사유키 선배?"
"아, 새삼스럽게 그런 말을 들었더니 쑥스러워서……."
"말하라고 해놓고……."
수줍어하는 찰나에 제정신을 차렸는지 드디어 사유키가 포옹을 풀었다.
방금까지의 달콤한 분위기는 사라지고 불만스럽게 입술을 삐죽거리던 상급생이 눈을 치켜뜬 채 바라보고 있었다.
"그렇게 좋아했던 날 차다니, 케이키는 터무니없는 바람둥이야."
"바람둥이라니……."
"정말 엄청난 도S 녀석."
"도S는 아니에요."
"하지만 케이키의 첫 여자가 돼서 영광이야."
"오해 살 것 같은 말은 하지 마세요. 일부러 그러는 거죠? 그거."
"너 같으면 불평 안 하겠어? 순조롭게 이어졌으면 정식 히로인이 됐을 텐데, 노선이 갈라지기 직전에 주인공이 마음이 변했으니까."
"……."
그것이 바로 사유키의 고백을 거절한 이유.

그녀를 향했던 마음의 끝이 어느샌가 다른 이성에게로 향하고 말았으니까.

"나라는 사람이 있으면서 다른 여자에게 가버리다니. 날 선택했다면 이 버릇없는 가슴을 마음대로 할 수 있었을 텐데."

"그러니까 그 말투……."

"이제 와서 생각해봐야 무의미한 일이지만, 어딘가에서 선택지가 달랐다면 우리가 맺어지는 미래가 왔을지도 몰라."

"……그럴지도 모르죠."

그런 미래가 있었을지 모른다.

그녀와 사귀고.

도M이지만 즐거운 연상 연인과 깊은 사이가 되고.

그리고 장래에는 행복한 가정을 꾸렸을지도 모른다.

그런 미래를 쉽게 상상할 수 있는 건 그만큼 둘의 합이 좋았다는 증거겠지.

그녀의 말대로 의미 없는 가정이지만.

"미안해요, 사유키 선배…… 난……."

"괜찮아."

가만히 미소 지으며 사유키가 후배의 뺨에 손을 올렸다.

"좋아한다는 마음은 본인이 어떻게 할 수 없는걸."

"선배……."

"대신 나도 널 포기할 생각은 없어."

"도M은 포기를 모르는 법이니까요."

"맞아. 그러니까 최선을 다해 진짜 좋아하는 아이에게 버림받지 않도록 아끼도록 해. 빈틈 보이면 사양 않고 빼앗아 버릴 거야."

"노력할게요."

굳이 그런 말 안 해도 처음부터 그럴 생각이었다.

"그러고 보니 사유키 선배의 용건은 뭐였어요?"

"아, 잊을 뻔했다."

사유키가 가까운 의자로 향했고 놔뒀던 가방에서 투명한 상자와 붉은 리본으로 포장된 초콜릿을 꺼냈다.

"오늘은 밸런타인데이니까 나도 준비했어. ……아, 하지만 좋아하는 아이가 있다면 내가 만든 초콜릿은 필요 없으려나?"

"감사히 받겠습니다!"

여하튼 여자에게 받는 초콜릿은 기뻤다.

그건 그거, 이건 이거였다.

사유키에게 초콜릿을 받은 후, 동아리실을 나온 케이키는 승강구로 향했다.

"결국 검은 팬티의 소유자는 사유키 선배가 아니었어……."

유력 후보라고 생각했던 사유키는 범인이 아니었다.

또다시 출발점으로 되돌아오고 말았다.

벌써 석양이 지기 시작했으니 범인 찾기는 내일 하기로 하고 돌아가려고 복도를 걸어 승강구까지 도달했을 때 케이키가 걸음을 멈췄다.

"……응?"

시선의 끝, 신발장 옆에 서 있던 건 적갈색 머리를 사이드테일로 묶은 여학생.

오늘 아침 교실에서 말을 걸어왔을 때처럼 코트 차림으로 학생 가방을 어깨에 걸친 마오가 이쪽을 향해 '안녕'이라며 손을 들었다.

"난죠? 무슨 일이야?"

"키류를 기다렸어."

"날? 왜?"

"뭐, 저기……왜? 일신상의 이유가 있어서……."

"대체 무슨 소릴 하는 거야?"

뭐가 뭔지 모르겠다.

승강구에서 준비하고 기다릴 일신상의 이유라는 게 대체…….

"잠깐만."

그렇게 말하자마자 마오가 가방 지퍼를 열었다.

거기서 뭔가 사각의 물체를 꺼내고는

"……응."

미묘하게 시선을 피하면서 오른손을 힘껏 뻗어 도전장을

내던지듯 작은 상자를 내밀었다.

"초콜릿……오늘 밸런타인데이니까……."

"아, 으응……고마워……."

그녀가 내민 상자를 받아들었다.

귀엽다기보다는 어른스럽다는 게 정확한 포장으로 하늘색 리본이 강조되어 있었다.

"혹시 직접 만들었어?"

"그, 그런데 문제 있어?"

"아니, 붕대 푼 지 얼마 안 됐는데 무리시킨 것 같아서."

"이제 통증도 없고 괜찮아."

"그래?"

아침에도 이야기했지만 정말 완치된 것 같았다.

그녀가 무리하는 건 아닌지 걱정했는데 안심이 됐다.

"……응? 혹시 오늘 아침 용건이 이거였어?"

"뭐, 그렇지. 얼마 전에 도움도 받았고, 그 인사도 겸해서 주려고 했으니까."

"그건 미안했어."

초콜릿을 전해주기 위해 다가온 여학생에게 팬티 이야기를 꺼냈다.

마오가 화내는 건 당연했고 섬세함이 전무한 본인의 소행을 반성했다.

"고마워. 아껴 먹을게."

"응……."

"난죠도 정말 고지식하다니까. 보답 같은 거 안 해도 되는데."

"미리 말해두지만 그건 의리에서 주는 초콜릿이 아니야."

"뭐?"

"난 널 좋아해."

"뭐어?!"

무심코 마오의 얼굴을 바라보았다.

표정은 평소처럼 언짢아 보였지만 빨갛게 물든 볼이나 살짝 촉촉해진 눈동자가 그녀의 말이 사실이라는 걸 증명하고 있었다.

"저, 정말……?"

다시 한번 확인을 하자 그녀는 아무 말 없이 고개를 끄덕거렸다.

"그보다 역시 알고 있었지? 아무리 둔감한 너라고 해도."

"듣고 보니 짚이는 부분이……."

케이키가 이성 연인을 만드는 건 용서하지 않겠다고 했으면서 쇼마랑 코하루의 교제는 쉽게 용인한다든가, 그녀의 발언에는 납득이 안 되는 부분이 몇 가지나 있었다.

서예부 합숙이나 체험학습에서 마오가 건넨 의미심장한 대사 몇 개도 호감으로부터 탄생했다고 한다면 납득이 갔다.

(하지만 설마 난죠가 날 좋아했을 줄이야…….)

항상 쌀쌀맞은 태도를 취해서 그런 기색은 없다고 생각했는데 생각해보면 그녀는 츤데레. 그리고 자신의 마음을 솔직하게 말할 수 없는 게 츤데레의 생태였다.

"키류……."

"아, 네에?!"

"초콜릿을 만들 때 계속 두근거렸어."

"뭐……?"

"기뻐할 키류의 얼굴을 떠올리며 히죽거리다 과연 받아줄지 어떨지 불안해하고, 마치 소녀만화 속 주인공처럼……."

"난죠……."

"이래 봬도 계속 좋아했어. 1학년 때부터……도서위원이 될 뻔한 날 도와준 그때부터……."

기억을 되살리며 건네는 그 말은 그녀가 계속 가슴속에 숨기고 있었던 아련한 마음…….

"키류 근처에 있는 애들은 전부 다 귀여우니까 나 같은 건 상대할 수 없을지도 모르지만, 널 좋아하는 마음만은 누구에게도 지지 않으니까——."

자신의 가슴에 손을 얹고 적갈색 머리의 동급생이 고백했다.

"다른 누군가가 아니라 나랑 사귀어 줘!"

"……."

그건 저도 모르게 압도될 정도로 직접적인 고백이었다.

평소 쌀쌀맞은 여자애가 보여주는 『진심』의 파괴력은 무시무시했다.

정면에서 마주한 그녀는 정말 귀엽고 갸륵하고 이대로 끌어안아 주고 싶을 정도로 매력적이었지만…….

"……미안."

그래도 그녀의 마음을 받아줄 순 없었다.

"난 좋아하는 애가 있으니까……."

"……그래?"

고백을 거절당한 마오가 가만히 눈을 내리깔았다.

"……뭐, 알고 있었지만."

"뭐? 알고 있었어?"

"얼마 전부터 수상하다고는 생각했는데, 그 아이랑 이야기할 때의 키류를 보고 확신했어."

"그래……?"

"솔직히 의외였어. 키류는 부장을 좋아하는 줄 알았으니까. 너 부장도 찼다며?"

"그것도 알고 있었어……?"

아무래도 사유키가 마오에게 말을 한 모양이다.

케이키가 사유키에게 마음을 품었던 건 틀림없는 사실이었다.

그러니까 마오의 추측도 반드시 틀린 건 아니었다.

“하지만 그럼 키류는 왜 그렇게 가만히 있었어? 끌어안거나 낙서하거나 부장이 원하는 대로 놔두고 저항 한 번 안 했잖아.”

“그건 뭐, 폭발을 막으려고…….”

“폭발을 막는다고?”

“실은 사유키 선배에게 사정이 있어서 당분간 도M을 봉인했었거든…….”

“도M을 봉인…….”

“그래서 계속 참았던 반동으로 욕구불만에 빠진 모양이야. 꽁냥거리게 해주지 않으면 다양한 방법을 써서 덮치겠다고 협박했어.”

“아아…….”

케이키에게 고백한 이후 사유키는 이상적인 여학생으로서 변태적인 언동을 삼갔다.

그동안 발산하지 못했던 성욕이 단숨에 폭발한 모양이다.

“바라던 바는 아니지만 나에게도 원인의 일부분이 있고 공부에 집중 못 해서 시험에 떨어지기라도 하면 어쩔 거냐고 해서……그래서 선배의 시험이 끝날 때까지라는 조건으로 요구에 응했어. 역시 그런 이유로 유급이라도 하면 계속 찝찝할 테니까.”

토키하라 사유키는 넘어져도 그냥은 일어나지 않을 타입

의 변태였다.

그녀가 첫사랑이라고 말한 뒤에 교제를 거절했기 때문에 그런 부채감도 있어서 요구를 거절할 수 없었어.

"과연. 그래서 부장과 꽁냥거렸구나……."

"반대로 뭐라고 생각했는데?"

"난 틀림없이 키류가 S에 눈을 떠서 SM커플이 성립한 줄 알았어."

"너무 심한 오해야."

"하지만 실제로 키류에겐 S 성향이 있으니까."

"뭐? 어떤 부분이?"

"여자가 기대하게 해놓고 보류시키는 부분이라거나?"

"전혀 기억이 없는데……."

"있어――."

굉장히 확실하게 단언했다.

불만을 호소하듯 마오가 가만히 케이키의 얼굴을 들여다보았다.

"이렇게 너를 좋아하는 애가 있는데 전혀 의식하지 않는 걸……."

"나, 난죠……?"

"……."

글썽거리는 눈동자로 바라봐서 무심코 숨을 삼켰다.

정말, 츤데레의 진가를 발휘한 마오의 귀여움엔 남다른

게 있었다.

"……의식하지 않는다거나, 그런 건 아닌데."

"뭐?"

"난죠에게 두근거린 적이라면 몇 번 있었어."

"그, 그래?"

"여름에 취재 데이트했을 때, 꾸미고 나온 난죠가 귀여워서 계속 긴장했었고."

"그랬……구나……."

"수영장이나 바다에서 수영복을 입었을 때도 스타일이 좋으니까 네가 다가오면 두근거렸고."

"흐, 흐——음? 그런 생각을 했어? 정말 키류는 변태라니까."

욕을 퍼부으면서도 아주 싫지만은 않은 듯 마오가 수줍어했다.

"그리고 체험학습 때도."

"……응?"

"노천탕에서 쓰러진 나의 거기를 붙잡고——."

"그 이야기는 안 해도 돼!"

난죠 마오에 관련된 이벤트 중 가장 두근거렸던 에피소드였는데 얼굴을 새빨갛게 물들인 본인에게 저지당했다.

"어쨌든 난 계속 난죠를 여자로 대했어."

"그래? ……좀 안심이 되네."

"안심?"

"그건 만약 키류가 좋아하는 애랑 파국을 맞으면 내가 도전해봐도 된다는 뜻이잖아?"

"푸흡?! ──나, 난죠?!"

당황하는 케이키를 보고 마오가 웃기다는 듯 히죽거리며 웃었다.

"내가 포기를 잘 못 한다는 건 알고 있지? 한 번 안 됐다고 주저앉지도 않을 거고, 좀 더 여성스럽게 갈고 닦아서 키류가 날 다시 보도록 만들 거야."

"사, 살살 부탁드립니다……."

어쩌지?

유이카와 사유키에 이어 마오에게까지 포기 못한다는 선언을 듣고 말았다.

변태 소동 이상으로 힘들어질 것 같은 미래를 상상하며 괜히 땀이 났다. 교복 주머니에서 손수건을 꺼내 뺨을 연신 닦았다.

그 모습을 마오가 믿을 수 없는 장면이라도 본 것처럼 바라보고 있었다.

"키류, 너……."

"응? 왜 그래, 난죠? 100년의 사랑도 식은 것 같은 얼굴로."

"넌 왜 팬티로 얼굴을 닦아?"

"뭐? ……아악?!"

키류 케이키, 이제 와서 통한의 실수.

오른쪽 주머니에 들어있던 건 손수건이 아니라 칠흑의 팬티였고 하필이면 케이키는 여성용 팬티로 뺨을 닦고 말았다.

"서, 설마……어느 교실에서 훔쳐서……?!"

"잠깐만?!"

"벼, 변태! 키류는 변태야!!"

"오해야!! 이 팬티는 비합법적으로 손에 넣은 게 아니야!"

"왜 양손으로 펼쳐?!"

"나의 억울함을 증명하기 위해!"

오해를 풀고 싶은 나머지 손에 든 팬티를 펼친 채 마오에게 다가갔다.

주위에서 속옷을 손에 들고 여학생에게 다가가는 남학생의 모습을 본다면 꽤 심각한 사안이라 여기겠지.

"……잠깐, 응?"

문득 위화감을 느끼고 케이키는 손에 든 팬티로 시선을 떨궜다.

그리고 양손으로 펼친 그것을 자세히 관찰했다.

"이 팬티는 혹시……."

다시 한번 자세히 살펴보니 이 팬티의 디자인이 낯익었다.

그도 그럴 것이 케이키는 최근 용의자 중 한 명이 이 팬티를 입고 있는 걸 목격한 적이 있었다.

판명된 범인에게 『지금 어디야?』라고 메시지를 보내자 금방 『지금 교실』이라는 답장이 왔다.

서둘러 걸음을 옮긴 곳은 2학년 E반 교실.

석양에 물든 교실 안으로 들어서자 뒷줄 창가에 그녀의 모습이 보였다.

"늦었잖아, 오빠. 기다리다 목 빠지겠어."

"여러 가지로 우여곡절이 있었거든."

"오빠라면 많은 여자들이랑 만났겠지."

"대충 맞아."

거짓말을 하면 뒷일이 무서울 것 같아서 순순히 자백했다.

그렇게 미즈하 앞에 서서 주머니에서 팬티를 꺼내 그녀에게 건넸다.

"자, 분명히 돌려줬다."

"흥분했어?"

"두근거리긴 했어. 주로 위험물을 갖고 다닌다는 긴장감에서 기인한 거지만."

들키면 사회적으로 매장이라 극한의 스릴은 맛볼 수 있었다.

"그런데 미즈하는 왜 내 신발장에 팬티를 넣었어?"

"요즘 오빠가 인기가 너무 많으니까 분명 오늘은 초콜릿도 많이 받을 것 같아서."

"흐음, 흐음, 그래서?"

"오빠가 내 팬티를 갖고 있으면 다른 애한테 초콜릿을 받아도 나 말고 다른 사람은 생각할 수 없게 될 것 같아서."

"그래서 내가 본 적 있는 팬티를 넣었어……?"

드디어 수수께끼가 풀렸다.

요컨대 범인에겐 처음부터 정체를 숨길 생각 따위 없었던 것이다.

칠흑의 팬티를 발견했을 때, 자세히 확인하지 않고 주머니에 넣었기 때문에 그게 미즈하의 것이라는 걸 몰랐을 뿐.

(설마 거실에서 팬티를 살짝 보여줬던 게 복선이 될 줄은 몰랐는데…….)

진범인 미즈하가 라이벌들을 향한 질투 때문에 신발장에 팬티를 넣었다.

그게 이번 사건의 진상이었다.

"확인하겠는데 노팬티로 스쿨 라이프를 즐기고 있는 건 아니지?"

"그런 걱정 안 해도 팬티는 잘 입고 있어."

"팬티를 입는 건 여자로서 당연한 소양이야."

굳이 말하자면 모든 인류에게 요구되는 최소한의 몸가짐이었다.

"그럼 범인도 알았으니 이제 그만 집으로 갈까?"

"아, 잠깐만, 오빠. 아직 퀴즈 상품을 안 줬잖아."

"아아, 그런 말이 쓰여 있었지? ……응? 그러고 보니 왜 미즈하는 교실에서 기다렸어?"

퀴즈의 답을 맞춰보는 거라면 집에서도 할 수 있을 텐데.

"올해는 학교에서 전해주고 싶었으니까."

"뭐?"

"그게 더 평범한 동급생 여자애 같으니까."

"그건……."

"그런 이유에서. ──자, 오빠."

석양이 비추는 교실에서 미즈하가 양손으로 초콜릿 상자를 내밀었다.

게다가──.

"올해도 내 진심을 담은 초콜릿이야."

승리를 굳히려는 듯 웃는 얼굴로 그런 귀여운 대사를 덧붙였다.

(이 아이가 준 초콜릿엔 언제부터 진심이 담겨 있었을까?)

매년 준비해준 초콜릿에 아련한 연심이 깃든 건 언제부터일까?

평소 말투로 헤아려보면 꽤 이전부터 좋아해 준 것 같은데…….

(혹시……처음부터?)

상상하니 얼굴이 빨개졌다.

그 열기에 받아든 초콜릿이 녹지 않을지 걱정될 정도였다.

하지만 들뜨는 건 어쩔 수 없었다.

왜냐하면 이 순간, 올해 밸런타인데이는 처음으로 좋아하는 여자애한테 초콜릿을 받은 특별한 날이 됐으니까.

케이키가 미즈하에 대한 연심을 자각한 건 최근 일이었다.

결정적이었던 건 체험학습 때.

열이 난 미즈하를 간호하다 옷을 벗은 그녀를 넋을 잃고 보고 말았다.

그때는 그 이상 생각하지 않으려 했지만 그 감정은 완벽하게 가족을 향한 게 아니었고 어느 샌가 여동생을 이성으로 보고 있던 자신을 깨달았다.

그리고 린타로가 미즈하에게 접근하기 시작한 이후로는 그에게 유혹받는 그녀를 보고 질투하게 되었다.

쇼마에겐 딸을 빼앗긴 아버지의 마음 같은 거라고 했지만 실제로는 달랐다.

단순히 좋아하는 여자애에게 집적거리는 게 싫었다.

그녀를 의식하기 시작한 건 수영장에서 키스 당했던 그때부터.

신데렐라의 정체를 확인한 그날, 미즈하에게 좋아한다는 말과 함께 첫 키스를 빼앗겼고 그녀가 의붓 여동생이라는 걸 알게 된 그날부터 조금씩 마음이 변했다.

그냥 귀여운 여동생에서 신경 쓰이는 여자애가 된 것이다.

물론 처음에는 당황했다.

계속 여동생으로 대했던 여자애를 이성으로 의식하는 본

인에게.

하지만 무방비하게 보여주는 알몸에 두근거리거나 다른 남자랑 대화하는 모습을 질투하거나 가끔 보여주는 부드러운 미소에 기뻐하거나.

그런 감정이 쌓여서.

못 본 척할 수 없게 되었고.

인정하지 않을 수 없었다.

미즈하가 달콤한 호감의 감정을 보여주는 사이에 그녀를 여동생으로만 볼 수 없게 되었다.

지금은 그 모습만 봐도 끌어안고 싶어진다.

품속에 가두고 키스해버리고 싶어진다.

하지만 아무리 호감을 품고 있다 해도 아직 교제하는 건 아니었다.

남자로서의 다양한 욕구를 필사적으로 참고 있는 상태였다.

그런데도——.

"새근……새근……."

"오늘도 들어왔어……."

그런 식으로 의식하고 있는 여자아이가 밤마다 침대에 숨어드는 건 견딜 수가 없었다.

"요즘 매일 이러네."

2월 15일 이른 아침, 케이키의 침대로 숨어든 미즈하가 오빠를 베개처럼 안고 잠들어 있었다.

눈을 떴을 때 여동생에게 끌어 안겨 있는 일은 지금까지도 몇 번인가 있었지만 이렇게나 빈번하게 숨어들게 된 건 최근의 일이었다.

역시 설산에서의 조난 사건에 여운이 남은 듯 같이 잠드는 걸 허락한 이후 그녀는 매일 밤처럼 이 방으로 찾아오게 되었다.

원인이 본인에게 있기 때문에 무시할 수도 없고, 어리광을 받는 건 동생 바보인 오빠로서 영광스러운 이야기지만 지금의 케이키는 굶주린 늑대와도 같은 상태.

너무 무방비하게 밀착하면 곤란했다. 남자니까.

"남의 마음도 모르고 행복한 얼굴로 자고 있다니……."

전에도 비슷한 대사를 내뱉은 적이 있는 것 같았다.

그건 분명 미즈하의 변태성벽이 발각되기 직전의 일.

씻고 나와 방으로 돌아와 보니 미즈하가 침대에 잠들어 있었고 그때도 의붓여동생이니 좋아한다느니 그런 말을 듣고 고민하고 있었기 때문에 무방비한 미즈하가 얄미웠다.

요컨대 지금처럼 단순히 쑥스러움을 감추기 위한 행동.

"정말 치사해. 이렇게 안심한 얼굴로 잠들면 화를 내려 해도 낼 수가 없잖아."

천진난만하게 잠든 얼굴은 천사 그 자체였고 너무 사랑스러워서 덮치고 싶어졌다.

그런 충동을 참는 대신 무방비한 뺨을 손가락으로 꾹꾹

누르자 애가 탄다는 듯 '으응……' 하고 몸을 살짝 움직이며 미즈하가 눈을 떴다.

"……응? 오빠?"

"좋은 아침, 미즈하."

"좋은 아침, 오빠."

침대에 드러누운 채로 인사를 나눴다.

친밀한 사이에도 예의 있게. 어떠한 상황에서도 인사는 중요했다.

"그래서? 왜 미즈하 씨가 내 침대에 있을까?"

"오빠랑 같이 자고 싶어서 숨어들었습니다."

"과연. 솔직한 건 좋은 거야."

"화 안 내?"

"뭐, 아직 추우니까 따뜻하고 좋잖아?"

"후훗, 이러니저러니 해도 여동생에게 다정한 오빠가 정말 좋아."

"나도 미즈하가 정말 좋아."

평소 같은 대화를 나누며 머리를 쓰다듬자 간지러운 듯 미즈하가 웃었다.

두 사람에게 '정말 좋아한다'는 말은 인사 같은 것이다. 가슴속에 싹튼 연애감정에 대해서는 아직 전하지 않았다.

"조금 더 이대로 있고 싶지만 그러면 지각하니까."

섭섭해하며 몸을 뗀 미즈하가 침대에서 나왔다.

그녀가 입은 옷은 따스해 보이는 폭신한 소재의 파자마였다.

"난 옷 갈아입고 아침 준비할게. 오빠도 다시 자지 말고 나와."

"오케이."

오빠의 대답이 만족스러운 듯 미소 지으며 미즈하가 방을 나갔다.

그 뒷모습을 배웅하며 케이키는 안도의 한숨을 내쉬었다.

"하아, 내 여동생이 아침부터 너무 귀여워……."

평정을 가장하고 있었지만 내심 두근거렸다.

남자의 침대로 파고드는 건 덮쳐달란 뜻이나 마찬가지였지만 좋아하는 여자애가 그렇게 밀착했는데 폭주하지 않았던 스스로를 칭찬해 주고 싶을 정도였다.

(아니, 미즈하는 오히려 덮쳐도 OK인 느낌이었지……?)

어쨌든 알몸으로 오빠의 침실까지 들어와 '나랑 하자'고 제안하는 여동생이니까.

얌전해 보이지만 대담하고 의외로 성에 관해 적극적인 여자애.

정식으로 사귀기 시작할 때까지 뭘 할 생각은 없지만 지금 고민은 그야말로 그 교제에 관한 것이었다.

"그럼 미즈하에게 언제 고백할까……?"

계속 접근해오는 여동생을 무시해놓고 이쪽에서 사귀자

고 제안하는 건 뭔가 허들이 높았다.
적어도 집에서 털어놓는 건 뭔가 아닌 것 같고.
언제 어디서 어떤 식으로 이 마음을 그녀에게 전할까.
최근 케이키는 그 생각만 하고 있었다.

그날 방과 후, 낯익은 2학년 B반 교실, 창가 자리에 진을 치고 있던 케이키가 똑같이 의자에 앉은 쇼마에게 상담을 요청했다.
"그러니까 언제 미즈하에게 고백해야 좋을지 망설이고 있다는 거지."
"아직 미즈하에게 말 안 했구나."
"맞아."
"하지만 미즈하에게는 고백받았지?"
"그래, 비교적 빈번하게 좋아한다고 했어."
"그럼 따로 고민할 필요 없을 것 같은데? 서로 좋아하니까 케이키가 좋아한다고 전하면 금방 OK해줄 것 같아."
"그건 그렇지만……."
"혹시 남매라 신경 쓰고 있다거나?"
"솔직히 그것도 있어."
윤리적인 문제에 대해선 몇 번이나 생각했다.
의붓이라 해도 케이키와 미즈하는 오빠와 여동생.
연애 관계로 발전하는 데 장애가 하나도 없다고는 단언할 수 없었다.

여동생을 그런 눈으로 본다니, 완전히 오빠 실격이었다.

더는 서예부 녀석들을 변태라고 부를 수 없을지도 모른다.

여동생을 연인으로 만들고 싶다니, 평범한 시스콘의 영역을 가볍게 뛰어넘는 거니까.

"하지만 결국 피는 안 섞였으니까 문제없다는 결론에 다다랐어. 윤리적인 문제나 주변의 시선이나 그런 것 따위에는 흔들리지 않을 정도로 그 아이가 좋으니까."

부정적인 생각은 얼마든지 떠올랐다.

하지만 몇 번을 생각해도 미즈하와의 관계를 포기할 생각은 들지 않았다.

남매라 해도 부모가 전혀 다르고 원래라면 둘 사이는 혈연관계가 아니니까.

"법적으로는 결혼도 할 수 있고 그런 의미에서도 문제는 없어."

"흐——음? 그렇구나?"

"왜 히죽거려?"

"아니, 결혼까지 생각하고 있을 줄은 몰랐거든."

"그야 사귀게 되면 그런 생각도 하잖아."

"그런 모습이 케이키다워서 좋다고 생각해. ……하지만 그럼 더더욱 왜 바로 말 안 하는 건데? 같이 살고 있으니 언제든 고백할 수 있잖아."

"뭐, 그렇긴 하지만……언제든 할 수 있기 때문에 반대로 타이밍을 잡기 힘들달까……게다가 지금 이대로도 충분할 만큼 행복하니까 이 이상을 바라면 벌 받을 것 같달까……."

"——여러 가지 이유를 대고 있지만 요컨대 실패하는 게 무서운 거잖아요?"

"응? 유이카?!"

케이키 등 뒤, 교실 뒤쪽에서 말을 걸어온 건 다들 알고 있는 코가 유이카였다.

갑작스러운 방문객에 쇼마가 상냥하게 대응했다.

"안녕, 코가."

"오랜만이에요, 아키야마 선배."

"아니, 평소에도 인사하잖아……."

갑자기 후배가 나타났는데도 눈썹 하나 움직이지 않는 친구가 대단했다.

그런 와중에 난입한 유이카가 선 채로 이야기를 꺼냈다.

"케이키 선배는 정말 어쩔 수 없는 사람이네요. 우물쭈물 고민하느라 고백도 못 하다니, 나에게는 좋아하는 사람이 있다면서 폼 잡아놓고 한심하게."

"그렇게 말하면 좀 아픈데……."

"그보다 케이키 선배가 좋아하는 사람이 미즈하 선배였군요."

"들었어?"

"미즈하 선배라면 벗으면 엄청난 숨은 거유의 소유자, 역시 가슴으로 선택한 건가요?"
"아니거든."
얼마나 큰 가슴을 좋아한다고 생각하고 있는 거지?
"난 코가 정도로 소극적인 편이 멋지다고 생각하는데."
"그만해, 소마. 유이카가 경계하면서 팔로 가슴을 가리고 있잖아."
"최악……."
웬일인지 후배는 케이키를 노려봤다. 너무 불합리했다.
"그보다 왜 유이카가 2학년 교실에 있어?"
"복수를 위해 적진을 시찰하러 왔는데……."
"뭐?!"
"농담이고, 당연히 케이키 선배를 보고 싶어서 왔죠. 거르지 않고 얼굴을 보여주지 않으면 잊어버릴지도 모르니까."
"아무리 그래도 그렇게까지 잘 잊어버리는 성격은 아니거든."
"그런 건 아무래도 상관없어요! 지금은 케이키 선배가 돼지 녀석이 아니라 겁쟁이라는 이야기를 하고 있는 거예요! 주저리주저리 말만 하지 말고 얼른 미즈하 선배에게 고백하고 깨져버리라고요!"
"왜 깨진다는 전제야……."
불길한 말은 안 했으면 좋겠다.

"하지만 코가의 의견도 일리가 있다고 생각해. 미즈하는 귀여우니까 꾸물거리다 다른 남자에게 뺏길지도 몰라."
쇼마의 의견에 유이카도 동감했다.
"불가능한 이야기는 아니에요. 미즈하 선배는 인기가 많으니까요."
"실제로 미타니도 노리고 있고."
"아, 린타로라면 문제없어. 그 녀석은 가슴별 인간이니까 절대 안 된다고 미즈하에게 주의를 줬거든."
"케이키 선배, 그렇게 아니꼬운 방해 공작을 하고 있었어요……?"
"역시 그건 좀 그런 것 같은데……."
"목적이 가슴인 녀석에게 미즈하는 못 줘."
예상과 달리 비난이 쇄도했지만 상관없었다.
여동생을 노리는 나쁜 벌레는 전부 퇴치해야 하니까.
"……흐——음? 케이키 선배는 그런 비인도적인 짓을 할 정도로 미즈하 선배를 좋아하는군요……."
"그렇게 비인도적이야?"
"그럼 유이카도 수단을 가리지 않겠어요. 둘 사이를 갈라놓기 위해 미즈하 선배에겐『케이키 선배는 작은 가슴 마니아』라는 가짜 정보를 흘리고——."
"그러지 마!!"
"흥! 케이키 선배 따위 미즈하 선배에게 단번에 차이고 길

거리를 헤맸으면 좋겠어요! 그럼 착한 유이카가 주워서 목줄을 걸어줄게요!"

"유기견 취급하는 거야?!"

독설을 내뱉은 후 도망가려고 발길을 돌린 유이카.

그대로 달려 나갈 줄 알았더니 입구 앞에서 그녀는 걸음을 멈췄고.

"……고백할 거면 데이트 신청이라도 하는 게 좋을 거예요."

작은 목소리로 그런 대사를 남긴 후 이번에야말로 교실을 나갔다.

"대체 뭐지?"

"너에 대한 애정이 여전하다는 거 아닐까?"

"하지만 말도 안 되는 가짜 뉴스를 퍼트리려고 했는걸."

"방해는 하고 싶지만 미움받긴 싫은 거겠지."

"아아……."

그 말을 듣고 납득했다.

갑자기 화를 냈다가 그 직후에 조언을 건네고, 여전히 소녀의 마음은 복잡했지만 그런 모순도 포함한 것이 여자의 매력이라는 걸 최근 깨닫게 되었다.

"하지만 분명 데이트 제안은 괜찮은 것 같아."

"정석이긴 하지."

"그럼 이번에는 어떻게 자연스럽게 데이트 신청을 할지 생각해야겠네."

"……나도 이제 그만 가봐도 될까?"

결국 그 이후에는 새로운 대안이 나오지 않았고 어이없이 해산하고 말았다.

쇼마와 헤어진 후 케이키는 미즈하에게 『집에 같이 가자』라고 메시지를 보냈다.

이윽고 『좋아』라는 답장이 왔고 가방을 손에 들고 약속 장소인 승강구로 향했을 때, 실로 불쾌한 장면과 조우했다.

"미즈하 선배, 오늘이야말로 같이 차 마시러 갈 거죠?!"

"뭐? 뭐어――?"

그건 꽤 기시감이 있는 광경.

코트를 걸치고 돌아갈 준비를 마친 미즈하에게 남장 버전의 린타로가 작업을 걸고 있었다.

"린타로도 질리지를 않나 봐. 미즈하가 엄청 곤란해하고 있는데."

저런 쓴웃음을 지고 있는 여동생은 본 적 없다.

그래도 포기하지 않는 린타로의 근성은 칭찬할 만했다.

"뭐 어때요? 실은 제가 맛있는 디저트를 파는 가게를 알거든요."

"하지만……."

"남자 혼자서는 들어가기 힘든 가게니까 후배를 도와준다고 생각하고 부디!"

"미, 미타니……?"
기다림에 지친 린타로가 강제로 미즈하의 손을 잡았다.
"으음……."
그 폭거에 나도 모르게 소리를 흘렸다.
시집가기 전인 여동생을 쉽게 만지는 걸 보고 싶지도 않았고 역시 이 이상은 간과할 수 없어 두 사람 사이에 끼어들었다.
"미안, 린타로. 선약이 있어."
"네? 케이 선배?"
케이키에게 팔을 잡혀 놀란 린타로가 미즈하에게서 손을 놓았다.
그 틈에 자연스럽게 미즈하의 어깨를 감싸 가슴 성인에게서 떼어놓았다.
"오빠……."
"늦어서 미안. 가자, 미즈하."
"응."
미소를 활짝 피우며 미즈하가 팔에 매달렸다.
"미안. 오빠가 질투하니까 초대는 거절할게."
"그렇게 됐으니까. 다음에 보자, 린타로."
"허——억……?!"
마음에 둔 여자에게 차인 린타로는 적잖이 충격을 받은 듯했다.

이걸로 포기해준다면 기쁠 것 같은데.

"……치사해."

"응?"

"케이 선배만 치사해요! 나도――나도 미즈하 선배의 가슴에 팔을 집어넣고 싶었는데……!!"

"너, 정말 최악이네……."

정직한 건 미덕이지만 입 밖으로 내뱉어선 안 되는 말도 있었다.

이 자리에 아이리가 있었다면 언제나처럼 쓰레기를 보는 눈으로 '이러니까 남자들은……' 하고 투덜거렸겠지.

학교를 나온 후 저녁 무렵 통학로를 걸으면서 미즈하가 인사의 말을 건넸다.

"구해줘서 고마워. 실은 좀 곤란했는데."

"가슴별 사람에게 귀여운 여동생을 줄 순 없으니까."

"미타니는 내 가슴밖에 안 봤지."

린타로의 마음도 모르진 않았다.

미즈하의 가슴은 자칭 가슴 소믈리에인 케이키의 탄성을 자아내는 일품이었다.

얼굴과 몸매처럼 귀엽게 부푼 유이카.

압도적인 볼륨을 자랑하는 사유키.

크진 않지만 모양이 예쁜 아야노.

가장 밸런스가 좋은 마오.

전부 다 훌륭한 가슴이었지만 미즈하의 그것은 굉장히 드문 숨은 글래머로 분류됐다.

옷을 입고 있으면 눈에 띄지 않지만 밀착할 때 존재감이 꽤 컸고 얌전한 외모와의 갭이 남자의 마음을 간질였다.

"그러고 보니 토키하라 선배의 시험이 오늘이지? 괜찮았을까?"

"괜찮겠지. 그 사람 그렇게 보여도 착실하게 공부했으니까."

"3학년은 자유 등교를 하게 됐고, 드디어 졸업 시즌이네."

"그러게……."

"역시 토키하라 선배가 없으면 쓸쓸해?"

"그야 쓸쓸하지. 사유키 선배는 서예부의 분위기 메이커였으니까."

"나도 그런데. 서예부엔 어른스러운 학생들이 많으니까."

마오는 말할 것도 없고. 활기차 보이는 유이카도 사실 인도어파라서 처음 만나는 인간을 상대로는 꿔다 놓은 보릿자루처럼 얌전해졌다.

그런 의미에서 사유키는 서예부의 분위기를 밝게 만드는 존재였다.

"오빠도 새로운 부장으로서 열심히 해야겠네."

"실적을 세우지 않으면 폐부가 될 수도 있으니까. 최악의 경우 신입 부원이 없다고 해도 무언가 서예 콩쿠르에는 응

모해야 해."

잊을 뻔했지만 케이키가 소속되어 있는 건 서예부였다.

결코 BL만화를 제조하거나 아이들에게 보여줄 수 없는 과격한 그림책을 그리거나 효과적으로 팬티를 보여주기 위해 연구하는 동아리가 아니었다.

"뭐, 그 문제는 차차 해결해야지."

"그래. 미래의 일보다 오늘 저녁 준비가 더 문제야."

"그건 꽤 어려운 문제지."

"먹고 싶은 게 있으면 말해."

"생각해볼게."

그러한 대화를 나누며 두 사람은 빨간불 앞에서 걸음을 멈췄다.

신호를 기다리는 동안 옆을 힐끔 보니 미즈하가 들어 올린 양손에 '하아……' 하고 입김을 불어넣고 있었다.

"아……."

시선을 느낀 미즈하가 부끄러운 듯 웃었다.

"아하하, 오늘은 좀 춥네. 장갑 갖고 올 걸 그랬어."

"그래……."

분명 오늘은 좀 쌀쌀했다.

때문에 추위를 많이 타는 미즈하의 손은 살짝 빨개져 있었다.

"미즈하, 손 좀 줘봐."

"뭐? 왜?"
"됐으니까 어서."
"아, 응……."
쭈뼛쭈뼛 내민 왼손.
그 가냘픈 손을 케이키가 오른손으로 잡았다.
"오, 오빠?"
"이렇게 하면 따뜻하지?"
"하지만……주위 사람들이 다들 보고 있어……."
이미 신호는 파란불로 변했고 간간이 오가는 사람들이 뭔가 신기한 듯 시선을 두 사람에게 집중시켰다.
분명 고등학생 남매가 손을 잡는 건 이상할지도 모른다.
미즈하가 시선을 신경 쓰는 건 그러한 부담이 있기 때문일 것이다.
두 사람을 모른다면 남매라는 걸 알 수 없다고 해도 그녀의 부담감은 지워지지 않겠지.
그렇기에 미즈하는 본인의 마음을 계속 숨겨왔다.
하지만 진심으로 여동생과 사랑하는 사이가 될 생각이라면 이 정도 장애로 제자리걸음을 할 순 없었다.
"내가 미즈하랑 손을 잡고 싶어."
"오빠……."
미즈하가 놀란 듯 눈을 크게 떴다.
잠깐의 머뭇거림 후 그녀는 곤란한 듯 미소 지었다.

“그럼 어쩔 수 없지.”
이걸로 그녀의 마음을 덮은 구름이 조금은 걷혔을까?
허락을 받자마자 이제껏 나누던 이야기를 끝내고 파란불인 교차로를 건너 보행을 재개했다.
“맞다, 미즈하. 저녁 메뉴 말인데, 전골이 좋겠어.”
“그래. 그렇게 할까?”
전골 육수는 어떻게 할지 재료는 뭘 넣을지 저녁밥에 대해 의논하면서 둘이서 집으로 향했다.
집에 도착할 때까지 몇 번인가 호기심 어린 시선을 받았지만 잡은 손은 놓지 않았다.

◇

손을 잡고 돌아온 후 미즈하는 눈에 보일 정도로 기분이 좋은 듯했다.
전골에 들어있던 고기를 많이 담아주거나.
보고 싶은 TV 방송을 양보한다거나.
목욕 후에 무릎베개를 하고 귀를 청소해준다거나 여러 가지로 오빠의 어리광을 받아주었다.
그리고 그녀의 좋은 기분은 이런 곳까지 영향을 끼쳤는데——.
“하트마크……?”

점심시간에 교실에서 도시락 뚜껑을 열었을 때 밥 위에 분홍색 생선 보푸라기로 만든 커다란 하트마크가 보였다.

그런 마음을 담은 도시락을 맞은편에서 들여다보며 쇼마가 히죽거렸다.

"케이키는 사랑받고 있구나."

"덕분에."

"보아하니 미즈하의 기분이 꽤 좋은 것 같은데 뭔가 진전이라도 있었어?"

"으응. 어제 미즈하랑 손잡고 집에 갔거든."

"뭐? 그게 다야?"

"사이가 좋다고는 해도 남매니까. 평소에는 밖에서 그런 짓 안 하거든."

"아, 과연. 그럼 기분이 좋은 것도 이해하지."

뭐, 집에선 비교적 아슬아슬한 레벨로 꽁냥거리고 있지만.

귀를 청소해줄 때도 있다고 말하면 정색할 것 같아서 가만히 있었다.

"그건 그렇고 미즈하에게 데이트 신청을 하고 싶은데 어떻게 하면 될까?"

"그냥 데이트하자고 말하면 되잖아."

"그렇긴 하지만 여러 가지가 있잖아? 왜, 뭔가 세련된 초대 문구라거나 한 번 더 반하게 만들 테크닉이라든가."

"――아니, 그런 잔재주는 됐으니까 얼른 연락하지 그래?"

"으앗?! 난죠?!"

갑자기 등 뒤에서 마오가 말을 걸었다.

유이카도 그렇고 마오도 그렇고 이런 등장 방식밖에 없는 걸까?

"흐——음? 도시락에 하트마크라……잘 되는 것 같네."

"뭐, 그렇지."

"그래서 뭐? 데이트에 초대할 구실이랬나?"

"들었어?"

"교실에서 이야기하고 있으니까. ……뭐, 나 말고는 귀 기울여 들으려는 사람은 없겠지만."

"그럼 왜 난죠는 귀 기울여 듣고 있는 건데……?"

"따, 딱히 상관없잖아!"

웬일인지 얼굴을 돌리고 모르쇠로 버티는 마오.

쇼마는 쇼마대로 필사적으로 웃음을 참고 있었다.

"아키야마도 그랬지만 데이트 정도는 그냥 불러내면 되는 거 아니야? 어설프게 잔재주를 부릴 필요는 없잖아."

"그야 불러낸 이후로는 절대로 실패하고 싶지 않으니까……. 게다가 새삼스럽게 데이트 신청이라니, 왠지 부끄럽기도 하고……."

"넌 무슨 소녀야? 키류는 이상한 부분에서 겁이 많다니까."

"겁 많다고 하지 마."

자각은 하고 있었다.

•

자각은 하고 있으니까 어이없다는 얼굴로 한숨을 내쉬지 말아줬으면 좋겠다.

"그런 겁 많은 키류에게 좋은 소식 하나."

"그러니까 겁 많다고 하지 말라니까……좋은 소식?"

"부담 없이 여자에게 데이트를 신청하는 방법이 있는데 알고 싶어?"

"그런 안성맞춤인 방법이?!"

"하지만 어쩌지? 나에게는 키류의 사랑을 응원할 이유가 없는데?"

"끄응……."

분명 그 말이 맞았다.

고백을 거절한 여자애한테 사랑의 조언을 구하다니, 너무 뻔뻔했다.

"뭐, 가르쳐줄 순 있어. 다만 내가 제안하는 조건을 받아들인다면."

"……조건이라니?"

"너랑 아키야마가 꽁냥거리는 사진을 찍게 해줘."

"좋아."

"뭐? 내 의견은?"

"그래서 난죠, 부담 없이 데이트에 초대할 수 있는 방법이라는 건?"

쇼마의 의견은 봉쇄되고 말았다.

지금은 남자의 존엄을 지키는 것보다도 여자애를 데이트에 초대하는 방법이 먼저였다.

교섭 성립에 만족한 듯 고개를 끄덕이며 마오가 경쾌하게 입을 열었다.

"옆에 커플인 친구가 있잖아, 아키야마랑 코하루 스승님, 키류랑 미즈하가 더블데이트를 하는 건 어때?"

◇

주말인 일요일. 데이트하기에 좋은 날씨인 이날, 케이키와 쇼마 두 사람은 아침부터 역 앞 광장에서 여자애들의 도착을 기다리고 있었다.

"케이키랑 더블데이트라니, 토키하라 선배랑 볼링 치러 갔을 때 이후 처음이네."

"그때는 내가 코하루 선배를 도왔었지."

"굳이 은혜를 갚으려는 건 아니지만 오늘은 나랑 코하루가 케이키를 도울게."

"든든하네."

더블데이트를 채용하면서 여동생에게 데이트를 신청하는 방법에 대한 고민이 큰 폭으로 줄었다.

어쨌든 일부러 데이트라는 단어를 쓰지 않고도 '쇼마 커플이랑 놀러 안 갈래?'라고 말하기만 하면 충분했다.

덕분에 쉽게 미즈하의 승낙을 얻을 수 있었다.

"코하루 선배는 내가 미즈하를 좋아한다는 걸 알지?"

"넌지시 전했어. 그럼 안 되는 거였냐?"

"아니, 딱히 숨길 일도 아니니까."

코하루는 신데렐라 찾기 때 신세를 진 은인이었다.

여러 가지로 상담도 들어줬고, 그녀의 협력을 얻을 수 있다면 오히려 감사했다.

"그런데 왜 남녀 따로 집합한 거야?"

"오늘은 코하루가 미즈하의 옷을 코디하기로 했으니까."

"그래?"

"기대해도 좋을걸? 코하루, 굉장히 의욕에 넘쳤었어."

"그건 기대되는데?"

미즈하는 센스도 좋아 평소에도 세련된 옷을 입고 다니지만 코하루의 코디에도 흥미가 있었다.

(코하루 선배가 지켜보고 있다면 노팬티로 올 걱정도 안 해도 되고.)

평소 노출마인 여동생이 노팬티로 생활하지 않는지 눈을 번뜩이며 감시하는 케이키였지만 오늘은 코하루가 미즈하가 옷 갈아입는 걸 도와준다 하니 안심이었다.

만약 그녀가 치마를 입고 온다고 해도 그 옷자락에 주의를 기울이지 않아도 되겠지.

"응? 오늘의 주인공이 도착한 것 같은데."

쇼마의 말에 케이키가 고개를 들었고 이쪽을 향해 걸어오는 두 소녀가 보였다.

"오래 기다렸죠?"

한 명은 작은 체격에 머리를 땋아 늘어뜨린 사랑스러운 여자아이.

카고팬츠와 후드티로 보이시하게 차려입은 코하루가 웃는 얼굴로 인사했다.

그리고 또 한 명——.

"오, 오래 기다렸지……?"

프릴을 곁들인 블라우스에 스커트 옷자락이 너풀너풀 펼쳐지는 회색 점퍼스커트 원피스를 맞춰 입고 그 위에 카디건을 걸친 미즈하가 부끄러운 듯 오빠를 보고 있었다.

"어때……?"

"괴, 굉장히 귀여워요……."

동요한 나머지 존댓말이 나오고 말았다.

늘 어른스러운 옷을 입고 다니니까 이렇게 귀여운 스타일의 복장은 신선했다. 좋은 의미로 연하로 보인달까, 평소와 분위기가 달라 괜시리 더 두근거렸다.

"미즈하는 어른스러운 옷이 많아서 오늘은 나이에 맞는 고등학생다움을 보여줄 수 있는 옷으로 선택해봤어요."

"코하루 선배는 천재예요."

해설해준 천재 코디네이터의 머리를 쓰다듬었다.

"에헤헷, 쑥스럽네요. 하지만 쇼마가 질투하니까 적당히 쓰다듬어 주세요."

"나도 나중에 쓰다듬을 거니까 상관없어."

"오빠도 쇼마도 치사해. 나도 선배를 쓰다듬고 싶어요."

"왜, 왜 다들 그렇게 쓰다듬고 싶어 하는 건가요?"

그건 선배가 작고 귀여우니까요.

잠깐 동안 셋이서 합법 로리를 마음껏 쓰다듬은 후,

"전부 다 모였으니까 이제 그만 출발할까?"

쇼마의 지시에 맞춰 멤버들은 이동하기로 했다.

그 이후 네 사람은 지하철과 버스를 갈아타고 유원지에 도착했다.

신데렐라를 찾던 무렵에 사유키와 온 적도 있는 오락시설이었다.

여길 선택한 건 코하루가 유원지 우대권을 갖고 있었기 때문이었다. 회사 단골손님에게 받았는데 처치곤란한 모양이었다.

"난 유원지는 오랜만이야."

"그래? 그럼 오늘은 마음껏 즐겨야겠네."

접수처에서 받은 팸플릿을 바라보며 신나게 이야기를 나누는 미즈하와 쇼마.

그 뒤로 케이키가 목소리를 죽인 채 코하루에게 말을 걸었다.

"오늘은 죄송해요. 저 때문에 선배까지 같이 끌려오게 돼서."

"아뇨. 나도 시험이 끝났고 초대해줘서 기뻐요."

방긋 웃은 후 그녀는 미즈하에게로 시선을 옮겼다.

"키류는 미즈하를 좋아했군요."

"그 사실을 깨달은 건 최근이지만요."

"미즈하는 굉장히 멋진 사람이니까 키류가 좋아하게 된 것도 이해가 돼요. 내가 쇼마랑 싸웠을 때도 다정하게 대해줬고."

"아아……."

쇼마가 현역 여자 초등학생에게 눈길을 준 것 때문에 서먹서먹해졌을 때 이야기였다.

두 사람이 화해할 수 있게 미즈하가 전력을 다했다고 들었다.

"키류도 미즈하도 나에게 소중한 친구들이에요. 그러니까 나도 응원하게 해주세요."

"코하루 선배……."

피가 섞이지 않았어도 케이키와 미즈하는 남매였고.

케이키가 미즈하에게 품고 있는 마음은 아마 일반적으로는 평범하지 않겠지.

하지만 이 사랑을 응원해주는 사람들이 있었다.

그 사실이 어떤 따뜻한 말보다 가슴을 울렸다.

응원에 보답하기 위해서라도 오늘은 최선을 다해야 했다.
"그럼 우선 뭐부터 탈까?"
비밀스러운 대화가 끝난 타이밍에 쇼마가 그렇게 말해,
"미즈하는 타고 싶은 거 있어?"
케이키가 미즈하에게 물었고,
"난 뭐든 좋아. 오오토리 선배는 어때요?"
미즈하가 코하루에게 의견을 구하자,
"그럼 처음으로 롤러코스터는 어때요?"
코하루가 절규 머신을 제안했다.
"난 괜찮은데 코하루 선배는 신장 제한 괜찮겠어요?"
"그렇게까지 작진 않거든요!"
결론부터 말하면 코하루가 신장 제한에 걸리는 일은 없었고 잠시 순서를 기다리는 줄을 선 뒤에 쉽게 롤러코스터를 탈 수 있었다.
전에 왔을 때와는 달리 얼굴에 닿는 바람이 굉장히 차가웠지만 옆에서 신이 난 미즈하의 모습을 볼 수 있으니 무승부였다.
"즐거웠죠? 미즈하."
"네, 즐거웠어요."
코하루도 미즈하도 어트랙션이 마음에 든 것 같았다.
즐거운 듯 이야기를 나누는 두 여성.
그 모습을 보고 두 남자가 칠칠치 못하게 히죽거리는 얼굴로 서로를 바라보았다.
“아, 쇼마, 저쪽에 마스코트 캐릭터 동상이 있어요!”
“응, 가볼까?”
“오빠도 갈래?”
“그래.”
그 이후에도 4명은 함께 유원지를 즐겼다.
슈팅 계열 어트랙션에 참가하고.
마스코트 인형들이 선보이는 토막극을 감상하고.
가는 곳마다 인스타그램에 올릴 단체 사진도 찍고.
회전목마의 흰 말에 코하루를 혼자 앉히고 사진을 찍었을 때는 모두가 자기 자식을 지켜보는 보호자 같은 얼굴을 하고 있었다.
“응? 이런 곳에 귀신의 집이 있었나?”
정오를 좀 지났을 무렵, 케이키 일행 앞에 등장한 건 폐허가 된 병원을 본뜬 건조물.
“최근에 신설된 것 같아.”
“흐음.”
팸플릿을 망라한 쇼마의 말에 의하면 새로운 건물 같은데 낡은 외관 탓에 전혀 그런 식으로는 보이지 않았다.
정말이지 뭐가 나올 것 같은 귀신의 집을 미즈하가 흥미진진하게 올려다보았다.
“이건 겉보기에 꽤 스산하네.”

"스산하단 단어를 일상생활에선 처음 들어."

"모처럼 왔는데 들어가 볼까요?"

코하루가 이쪽으로 눈짓하며 말했다.

번역하면 '남자다움을 보여줄 기회예요!'라는 뜻 같았다.

"하지만 미즈하는 이렇게 무서운 건 싫어하지 않았어?"

"좋아하진 않지만 흥미는 좀 있어요."

"전에도 그렇게 말하면서 호러 영화를 보다가 밤에 혼자 못 잤잖아."

"괜찮아. 오늘은 들어가 볼 수 있을 것 같으니까."

"뭐, 미즈하가 괜찮다면 상관없지만."

그렇게 일행은 귀신의 집에 도전하게 되었다.

이 어트랙션은 두 사람이 한 조로 들어가는 타입인 듯, 캐스트의 지시에 따라 먼저 쇼마 커플이 들어갔고 잠깐 기다린 후 케이키와 미즈하도 안으로 들어갔다.

"꽤, 꽤나 본격적이네……."

"병원에서 비명횡사한 간호사의 영혼으로부터 도망치는 설정이래."

설정만으로도 무서운데 공을 들인 인테리어가 어쩐지 기분 나쁜 분위기에 박차를 가했다.

벽지가 벗겨진 어두침침한 복도라든가 접수 카운터에 놓인 일본인형이라든가 대합실을 재현한 세트라든가 걷기만 해도 공포를 느끼게 해주었다.

(아니, 솔직히 이건 위험해. 벌써 지릴 정도로 무서워…….)

축제 때 귀신의 집도 퀄리티가 높았지만 역시 프로가 진심으로 만든 것에는 대적할 수 없었다.

아직 귀신이 하나도 나오지 않았는데 울고 싶어질 정도의 레벨이었다.

"오빠……."

공포를 참을 수 없었던 미즈하가 움찔거리며 팔에 매달렸다.

그리고 침묵이 싫었던 건지 이런 이야기를 시작했다.

"오빠, 왠지 이상해……."

"응? 뭐, 뭐가?"

"아까부터 묘하게 다리 쪽이 서늘한데……."

"뭐……?"

무심코 걸음을 멈췄다.

오빠를 놀리기 위한 농담인가 했는데 굉장히 창백해진 그녀의 표정을 보고 그 이야기가 진실이라고 확신했다.

"마치 치마 안에 안 보이는 누군가가 있고 차가운 손으로 직접 만지는 것 같아서……."

"그, 그건……."

"그리고 내가 무시무시한 사실을 깨달았는데……."

"뭐……뭘 깨달았는데?"

미즈하의 몸에 일어나고 있다는 수수께끼의 괴이 현상.

어쩌면 그건 이 건물로 이끌려온 진짜 귀신에 의한 것은 아닐까?

반쯤 장난으로 발을 디딘 산 자에게 벌을 내리고 있는 걸지도――그렇게 무시무시한 상상을 하며 떠는 오빠에게 미즈하가 갸륵한 표정으로 알렸다.

"그러고 보니 나 지금 팬티 안 입고 있었네."

"……뭐라고?"

상상과는 달랐지만 무시무시한 이야기임에는 틀림이 없었다.

설마 했던 노팬티 선언에 핏기가 가셨다.

"뭐? 왜? 왜 안 입고 왔는데?"

"무심코 입는 걸 깜빡했어♪"

"그런 걸 깜빡하는 게 말이 돼?!"

완전히 방심했다.

설마 유원지에 노팬티로 올 줄이야, 그런 변태는 사유키뿐이라고 생각했는데.

솔직히 이제 귀신보다 미즈하의 치마가 더 무서웠다.

불안하게 옷자락이 흔들릴 때마다 조마조마했다.

그리고 그런 두 사람 앞에 만반의 준비를 하고 나타난 피투성이의 간호사 귀신.

"원~통~하~구~나~……."

"꺄아아아아아악?! 나왔다아아아아아!!"

"미즈하, 치마, 치마!! 치마가 흔들리니까아아아아아아아악?!"

거기서부터가 진짜 공포 체험의 시작이었다.

노팬티가 초래한 공포는 절대적이었고.

언제 원피스 치마가 말려 올라갈지 신경 쓰느라 제정신이 아니었다.

미즈하가 귀신 때문에 놀랄 때마다 심하게 흔들리는 치마에 정신이 몽땅 쏠렸고 원래 취지와는 다른 공포 때문에 케이키는 비명을 계속 질렀다.

유원지 부지 안에 있는 분수 광장.

그 벤치에 앉아 오가는 사람들을 바라보며 잠시 기다리자 화장실에서 나온 미즈하가 달려왔다.

"오래 기다렸지? 오빠."

"제대로 입었지?"

"당연하지. 뭣하면 확인해볼래?"

"됐어. 안 할 거니까 치마 옷자락을 들어 올리려고 하지 마."

스탠바이하려던 변태가 아쉬운 듯 치마에서 손을 뗐다.

가까스로 귀신의 집을 나온 후 미즈하에게 다시 한번 확인을 했을 때 갈아입을 속옷을 소지하고 있다는 진술을 했기 때문에 가까운 화장실로 밀어 넣고 팬티를 입고 나오라고 부탁했다.

이걸로 이제 흔들리는 치마에 겁먹을 필요는 없겠지.

"쇼마랑 선배는?"

"먼저 푸드 코트에 가서 자리를 맡아둔다고 했어."

푸드 코트는 여기서 좀 떨어진 곳에 있었다.

역시 협력자 두 사람에게도 노팬티에 대해선 말할 수 없었기 때문에 적당히 이유를 대고 먼저 가도록 부탁했다.

"아니, 왜 노팬티로 왔어?"

"오빠의 명령을 지키려고 요즘 노팬티 외출은 삼갔는데."

"그럼 더더욱 왜?"

"역시 노팬티는 노출광의 소양인 것 같아서."

"그런 프로 의식이 있어?!"

"……게다가 요즘은 계속 직전에 멈추는 느낌이었고."

"뭐? 무슨 소리야?"

"전부 오빠 때문이라는 거지."

무언가를 억지로 얼버무린 미즈하가 '메롱'하고 귀엽게 혀를 내밀었다.

"이제 가야지, 두 사람이 기다리겠어."

"……그래."

그녀의 그럴듯한 말에 넘어간 것 같기도 하지만 너무 두 사람을 기다리게 하는 것도 미안하니까.

그들과 합류해서 한껏 힘을 준 늦은 점심을 먹어야지.

그렇게 생각하면서 케이키가 벤치에서 일어났다.

어디선가 작은 아이가 달려온 건 그때였다.

매우 활발해 보이는 팬츠룩 차림의 여자아이가 케이키의 겨드랑이 쪽을 빠져나가 미즈하 옆을 지나간 순간, 그 아이가 휘두르던 츄러스 끝부분이 치마 옷자락에 걸렸다.

(아아, 이번에는 츄러스야?)

사유키 선배 때는 마법 소녀 스틱이었지, 라고 태평하게 데자뷔를 느끼고 있을 때가 아니었다.

"꺄악?!"

"미즈하!!"

정신을 차렸을 때는 몸이 멋대로 움직이고 있었다.

치마 뒷부분이 창문 옆 커튼처럼 두둥실 나부꼈고 그녀의 속옷이 드러나기 직전, 달려온 케이키가 끌어안으며 솟아오른 천을 몸으로 꽉 눌렀다.

(아, 안 늦었다…….)

상대의 허리에 손을 두른 정열적인 포옹으로 어떻게든 최악의 사태는 피했다.

팬티가 살짝 드러나는 걸 저지함과 맞바꿔 대중의 면전에서 여동생을 끌어안은 형태가 되어버렸지만 작은 희생은 감수할 수밖에 없었다.

손을 잡고 돌아갔을 때와는 비교가 되지 않을 정도로 많은 시선이 집중됐다고 해도 그녀의 정조를 지켰다고 생각하면 별것 아니었다.

"오, 오빠……?"

"아, 미안……."

당황한 듯한 목소리에 정신을 차리고 서둘러 미즈하를 해방시켰다.

"치마, 위험했으니까……."

"아, 응……고마워, 오빠."

미즈하는 미소를 지으며 인사했지만 왠지 분위기가 미묘해지고 말았다.

그녀의 뺨이 붉어진 건 갑작스러운 허그에 깜짝 놀랐기 때문일까.

이전에도 노팬티로 등교한 미즈하를 위기에서 구한 적이 있었다.

학교 건물 창밖에서 불어온 바람에 말려 올라갈 뻔한 치마를 순간적으로 끌어안아 저지했지만 그때 케이키를 움직이게 한 것은 '여동생의 노출 취미를 백일하에 드러나게 할 순 없다'는 오빠로서의 의무감이었다.

하지만 이번에는 달랐다.

츄러스의 습격으로 미즈하의 팬티가 보일 뻔했을 때 생긴 가슴을 애태우는 듯한 감정의 정체는 질투였다.

(난 얼마나 이 아이를 좋아하는 거야……?)

그녀를 끌어안은 건 너무 단순한 동기였는데.

좋아하는 여자의 속옷 차림을 누구에게도 보여주기 싫었

기 때문이었다.

◇

“그럼 키류, 여기서부터는 따로 행동하는 걸로 해요.”

“행운을 빌게.”

“그래. 두 사람 다 오늘은 고마워.”

오후 5시 직전, 그런 대화를 마지막으로 쇼마와 코하루 두 사람은 선물가게를 나갔다.

친구를 끌어들인 이번 계획도 드디어 막바지. 남은 이벤트는 미즈하에게 건넬 고백뿐이었기 때문에 타깃이 계산을 하러 간 사이에 서로 미리 짠 대로 둘만 남기로 했다.

“오빠, 오래 기다렸지? ……응? 뭐야? 쇼마랑 선배는?”

“아——, 여기서부터는 따로 행동하기로 했어.”

“따로 행동한다고?”

“모처럼 유원지에 왔는데 마지막 정도는 단둘이 있게 해 주고 싶어서.”

“아, 그런가? 그러네.”

납득한 듯 미즈하가 고개를 끄덕였다.

두 사람이 사귀는 건 다 아는 사실이라 쉽게 얼버무릴 수 있었다.

“후훗, 오빠는 배려심이 깊다니까.”

뜻하지 않게 평가가 올라가고 말았다.
단둘이 남게 해준 건 그쪽인데. 살짝 죄책감도 들었다.
"그럼 어쩌지? 하나 정도는 더 탈 수 있을 것 같은데."
"마지막엔 역시 저거지."
"저거?"
고개를 갸웃거리던 미즈하를 데리고 가게를 나온 케이키는 결전의 장소로 향했다.
두 사람이 도착한 장소에 자리하고 있던 건 고백의 명소이자 롤러코스터와 나란히 유원지의 대명사라 알려진 대관람차.
거대한 건조물을 올려다보며 미즈하가 눈을 반짝거렸다.
"가까이에서 보니까 엄청 크네."
"유원지에 오면 이건 타야지."
그럴싸한 말을 하면서 일단 순서를 기다리기 위해 줄을 섰다.
이전에 사유키와 탔을 때는 발정한 흑발 변태 때문에 여러 가지 일이 생겨 기절했지만 역시 이번에는 괜찮겠지.
개로 변한 여자가 입을 핥은 결과 깜짝 놀라 머리를 박고 의식불명에 빠지는 특수 이벤트는 그렇게 쉽게 발생하지 않을 것이다.
잠시 후 순서가 돌아왔기 때문에 둘이서 곤돌라에 올라탔다.

위치는 자연스럽게 마주 보는 형태로.

두 사람이 앉는 걸 확인하고 담당 직원이 문을 닫았다.

새로운 승객을 태운 상자는 애가 탈 정도로 천천히 그 고도를 높여갔다.

"와아, 석양이 너무 예뻐."

"그러네……."

운 좋게 멋진 날씨와 시간대를 만나 석양으로 물든 하늘과 마을의 절경을 볼 수 있었다.

해 질 녘에 떠있는 관람차라니, 비일상적인 데다 이 이상 없을 정도로 로맨틱한 시추에이션이었다.

절호의 고백 찬스였는데 여기까지 와서 문제가 발생했다.

(어쩌지, 엄청 긴장돼…….)

믿을 수 없을 정도로 심장이 쿵쾅거렸다.

생각해보면 태어나서 처음 하는 사랑의 고백이었다.

이런 좁은 밀실에서 신경 쓰이는 여자애랑 단둘이라니, 경험치가 없는 연애 초심자에게는 짐이 너무 무거울지도 모른다.

(다시 보니 미즈하가 엄청 귀엽네…….)

옛날부터 귀엽다고는 생각했는데, 최근에 한층 더 미소녀다워지는 것 같았다.

(아니, 아닌가……내가 호감을 자각했기 때문에 훨씬 더 귀엽게 보이는 거야.)

연애는 반한 쪽이 지는 거라는 말이 있다.

일단 좋아하게 되면 끝, 무조건적으로 상대가 귀엽게 보여서 이 아이밖에 생각할 수 없게 된다.

이렇게 함께 있기만 해도 두근거리고 지금까지는 인사처럼 했던 '좋아한다'는 말조차 쉽게 할 수 없게 된다.

그렇다고 이대로 가만히 있으면 점차 악화될 것이다.

어떻게든 태세를 갖추지 않으면 작전을 수행하지 못한 채 곤돌라가 한 바퀴 돌고 말겠지.

그때 일단 생각을 리셋하려고 창밖으로 눈을 돌렸다.

"오오, 쇼마랑 선배다."

"뭐? 어디, 어디?"

"미즈하 쪽에서는 안 보일지도 몰라."

"그럼 그쪽으로 갈래."

자리에서 일어난 미즈하가 이쪽으로 다가왔다.

그리고 케이키 옆에서 무릎을 세운 채 창 아래를 들여다보았다.

"아, 진짜다. 손을 잡고 있어."

키 차이가 많이 나는 커플을 발견하고 미즈하가 들떴다.

그 옆모습을 케이키가 넋을 잃고 보고 있는 갑자기 두 사람이 탄 곤돌라가 바람에 휘청거렸고 덜컹거리는 소리를 내며 크게 흔들렸다.

"꺄악?!"

"이런……."

무릎을 세운 상태였던 미즈하가 균형을 잃고 이쪽으로 쓰러졌다.

그 결과 그녀의 가는 몸이 털썩 가슴속으로 파고들었다.

"미, 미안……."

"아니……."

쑥스러워하면서 미즈하의 어깨에 손을 올렸다.

그 순간, 두 사람의 몸에 마법 같은 기적이 일어났다.

"……."

"……."

곤돌라 의자 위에서 서로 마주한 채 여자애의 양어깨를 손으로 붙잡은, 당장이라도 키스로 이어질 듯한 자세가 완성된 것이다.

"오빠……."

어깨를 붙잡힌 상태로 미즈하가 가만히 눈을 감았다.

이건 완전히 '키스해줘'라는 사인.

반복하지만 여긴 해 질 녘 관람차 안이라는 로맨틱한 공간이었다.

이대로 그녀와 입 맞추고 고백을 해서 OK를 받으면 그건 최고의 추억으로 둘의 기억 속에 새겨지겠지.

하지만 그런 일생일대의 기회를 앞에 두고 또다시 문제가 발생했다.

"……미안, 미즈하."

"뭐?"

"오빠, 멀미하는 것 같아……."

"오빠?!"

원인은 극도의 긴장감과 흔들리는 곤돌라에 의한 더블 펀치.

관람차는 정상 부근으로 가면 생각보다 많이 흔들렸다.

이렇게 로맨틱한 분위기는 회복 불가능한 레벨로 산산조각이 났고 사랑의 고백 대작전은 실패로 끝을 맞았다.

그 이후 어떻게든 구토만은 피했지만 멀미에 의한 컨디션 불량은 생각보다 오래 이어졌고 관람차에서 내린 두 사람은 어이없이 귀가할 수밖에 없었다.

그리고 미즈하의 부축을 받은 채 집으로 돌아온 케이키는 현재 거실 소파에서 휴양 중이었다.

웬일인지 여동생이 무릎베개를 해주고 있다는 미안할 정도로 행복한 환경에서.

"미안, 한심한 오빠라서……."

"멀미는 어쩔 수 없잖아. ――몸은 어때?"

"그럭저럭 회복했어……그런데 왜 무릎베개를?"

"오빠가 기운 차렸으면 해서. 여고생의 무릎베개는 효험이 있을 것 같지 않아?"

"발상이 너무 아재 같잖아."

"속마음은?"

"허벅지 감촉이 최고네요. 정말 감사합니다."

"후훗, 처음부터 솔직하게 그렇게 말하면 될 텐데."

부드럽게 미소 지으며 미즈하가 머리를 쓰다듬었다.

"무릎베개는 점심 때 도와준 보답이야. 자칫 잘못했으면 불특정다수의 사람들에게 마음에 드는 팬티를 보여줄 뻔했어."

"늦지 않아 다행이야."

"오빠에게라면 얼마든지 보여줄 수 있는데."

"아, 으응……."

코멘트하기 곤란했다.

"아직 컨디션이 안 좋으면 정말 팬티라도 볼래?"

"왜……?"

"오빠도 남자니까 팬티를 보면 기운이 날 것 같아서."

"뭐, 다른 의미로 기운은 날 것 같지만……."

"오빠가 원한다면 치마를 젖힌 상태로 허벅지 위에 엎어지게 해줄 수 있는데."

"역시 레벨이 너무 높아!"

그러면 노출된 허벅지에 얼굴을 파묻게 된다.

아무리 그래도 화면이 너무 범죄적이라 신세대의 무릎베개는 삼가 거절했다.

"……저기, 오빠?"

"응?"
"오늘은 고마워. 오랜만에 쇼마랑 오오토리 선배랑 놀면서 즐거웠어."
"그래……?"
그럼 됐지.
더블데이트를 기획한 보람이 있었다.
"그리고 이 기회에 오빠에게 말해두고 싶은 게 있어."
"응? 뭐야, 갑자기? 무서운데……."
"요즘 오빠는 나에게 너무 다정한 것 같아."
"뭐?"
"요즘 평소보다 더 오빠가 다정해졌어. 미타니가 작업 걸 때도 구해주고 하교할 때 손을 잡아주고 침대에 숨어들어도 화내지 않고……."
"화만 안 냈지 추천하진 않았는데."
다 큰 남녀가 같은 집대에서 자는 건 역시 문제가 있었다.
"오늘도 츄러스에게서 구해줬고……."
"엄청 주목을 끌었지만."
오죽하면 츄러스를 든 여자애까지 걸음을 멈추고 두 사람을 지켜봤다.
"동생 바보인 오빠가 귀여운 여동생에게 다정한 건 어쩔 수 없는 일이지만. 오히려 오빠 바보인 여동생 입장에선 기쁘기 그지없어."

“으, 응…….”

“하지만 오빠가 조금 더 절도를 지켜줬으면 좋겠어.”

“절도?”

“안 그러면 힘든 일이 생길 테니까.”

“힘든 일이라니…….”

“아마 돌이킬 수 없는 사태가 생길 거야.”

“내 몸에 대체 무슨 일이…….”

여동생의 어리광을 받아준 죄로 붙잡혀가기라도 하는 것일까.

로리콘과 달리 시스콘은 합법일 텐데.

“정말 조심 좀 해줘, 너무 다정하면 돌이킬 수 없을 정도로 좀 더 오빠를 좋아하게 될 테니까.”

“미즈하…….”

소파에 누운 채 무심코 그녀의 얼굴을 바라보았다.

눈이 마주치고 쑥스러운 듯 미즈하가 수줍어했다.

(고백할 생각이었는데 반대로 고백받고 말았어…….)

좋아하는 여자애가 너무 귀여워서 얼굴이 빨개졌다.

너무 사랑스러워서 이대로 끌어안아 버리고 싶었다.

(차라리 나도 여기서 고백할까? ……아니, 하지만 그럼 미즈하의 고백에 편승한 것 같으니까…….)

왠지 내키지 않았다.

무릎베개를 한 채로 '좋아한다'고 말하는 것도 폼이 나지 않고.

케이키가 결정을 못 내리고 있는데 우유부단한 남자를 책망하듯 테이블에 방치되어 있던 스마트폰이 짧게 진동했다.

"……아, 문자다."

몸을 일으켜 스마트폰을 확인해보니 도착한 건 한 건의 메시지.

"누가 보냈어?"

"코하루 선배. 오늘 찍은 사진을 보냈나 봐."

"보여줘."

미즈하가 어깨를 딱 붙이고 화면을 들여다보았다.

그 순간, 살짝 달콤한 냄새가 나서 두근거렸지만 평정을 가장하면서 케이키는 사진을 열었다.

"아, 오빠 콧등에 케첩 묻었어."

"그러는 미즈하도 입가에 크림이 묻어 있어."

"후훗, 둘 다 어린애 같아."

코하루가 보내준 사진을 보면서 유원지에서의 이야기로 분위기가 고조되었다.

소파 위에서 몸을 맞대고.

하나의 스마트폰을 공유하며.

둘이서 사진을 확인했다.

"……."

이런 행복을 맛봐도 될까?

바로 옆에서 좋아하는 여자애가 웃고 있고 그 옆모습을 본인만이 독점할 수 있다니, 같은 반 남자애가 들으면 항의 데모가 시작될 안건이었다.

(아아, 그런가…….)

뒤늦게나마 깨달았다.

(난 미즈하와의 이 거리감이, 미즈하와 보내는 이 시간이 좋아…….)

전에 쇼마가 했던 말의 의미를 이제야 이해할 것 같았다.

본인이 누구와 함께 있으면 행복한 기분이 드는지. 그런 식으로 생각하다보면 자신의 마음이 누구에게로 향하고 있는지 알 수 있었다.

케이키에게 그 상대는 피가 섞이지 않은 여동생이었고.

그녀의 목소리에, 부드러운 미소에, 어느샌가 마음을 빼앗기고 말았다.

(좀 더 미즈하랑 많은 것을 해보고 싶어…….)

좀 더 다양한 곳에 가고.

좀 더 다양한 체험을 하고.

좀 더 상대를 좋아하게 되고.

그런 평범한 연인 같은 걸 전부 그녀와 함께 해보고 싶어.

사랑을 하면 사람은 욕심쟁이가 되는 걸지도 몰라.

이대로도 충분할 정도로 행복한데 좀 더 이 아이의 미소를 보고 싶다고, 이 아이가 기뻐했으면 좋겠다고 생각하게 된다.

"……저기, 미즈하?"

"응?"

"다음 주에도 어디 놀러 갈까?"

"난 좋은데 또 다 같이?"

"아니, 이번에는 나랑 미즈하 둘이서."

"뭐? 그건……."

눈을 위로 치켜 뜬 미즈하가 쭈뼛쭈뼛 확인했다.

"데이트……야?"

"응, 미즈하랑 데이트하고 싶어."

"……."

숨기지 못하고 자신의 마음을 전하자 그녀는 놀란 듯 눈을 크게 떴고——.

"꼭 갈래."

화려한 미소로 데이트 신청을 받아주었다.

…에필로그…

"데이트♪ 데이트♪ 오빠랑 데이트♪"

한 주가 시작되는 월요일. 교실 청소 당번을 끝내고 돌아갈 준비를 끝낸 미즈하는 혼자 가벼운 발걸음으로 방과 후 복도를 걷고 있었다.

드물게 들뜬 이유는 굳이 말할 것까지도 없었다.

난공불락이라 여겨졌던 의붓오빠와 요즘 왠지 느낌이 좋았다.

어젯밤엔 오빠랑 데이트 약속까지 하고 말았다.

데이트는 작년 여름방학 때 이후 처음이며 게다가 이번에는 오빠가 먼저 초대해줬으니 들떠서 콧노래를 부르는 미즈하를 누가 책망할 수 있겠는가.

"오빠와의 데이트, 기대된다……."

어디로 데려가 주려나?

유원지도 즐거웠지만 그 외에도 같이 가고 싶은 곳은 많았다.

"일단 귀여운 속옷도 사둘까……?"

느낌 좋은 남자와의 데이트였다.

준비해둬도 손해는 아니겠지.

(기대……해도 되겠지?)

상대는 미즈하가 아무리 유혹해도 굴복하지 않았던 초식

계 오빠였으니 데이트 중에 갑자기 원할 일은 없다 해도 뭔가 진전은 있을 것 같았다.

(그야 아마 오빠도 날…….)

뭔가 그런 분위기로 변하고 있다는 건 알고 있었다.

계속 함께 있으면 상대의 아주 약간의 변화도 알아차리게 된다.

오빠의 마음이 여동생에게 향한다는 걸 미즈하는 미즈하대로 감지하고 있었다.

"정말 기대된다……."

주말 데이트를 상상하니 자신도 모르게 미소가 흘러나왔다.

그렇게 새로 준비할 속옷에 대해 생각하면서 계단을 걸어 내려갈 때였다.

"——저기, 들었어? 키류 이야기."

(……키류?)

무시할 수 없는 이름이 들려서 미즈하는 걸음을 멈췄다.

미즈하가 아는 한 이 학교에 키류라는 이름의 학생은 본인과 오빠 둘밖에 없었다.

자신도 모르게 벽 뒤에 몸을 숨기고 소리가 나는 쪽으로 시선을 돌렸다.

그러자 계단 층계참에 낯익은 여학생의 모습이 보였다.

(저 애들은 분명 오빠랑 같은 반인…….)

머리를 밝게 염색하고 교복을 약간 흐트러지게 입은 이른바 잘나가는 그룹의 여자애 두 명.

"전부터 생각했는데 그 두 사람, 남매 같은 느낌이 안 나지 않아?"

미즈하가 귀를 기울여 듣는 가운데 머리 긴 장신의 여자애가 그렇게 말했고,

"으응. 분명 손을 잡고 집에 갔었지?"

짧은 머리에 피어스를 단 여학생이 추임새를 넣었다.

(그때 봤구나…….)

이런 소문이 나지 않도록 평소에는 주의했는데.

오빠가 다정하게 대해주는 게 기뻐서 그날은 저도 모르게 긴장이 풀리고 말았다.

"게다가 어제 유원지에 갔던 녀석들이 봤대."

"뭘?"

"사람들 면전에서 키류 오빠랑 여동생이 끌어안았다던데."

"뭐? 진짜? 그건 결정적이잖아……."

츄러스에 의한 불행한 사고에서 지켜줬을 때였다.

그것도 다른 학생이 보고 만 모양이었다.

이야기를 듣고 놀란 표정을 보여준 짧은 머리의 여자애가 '응?'이라며 고개를 갸웃거렸다.

"하지만 그 두 사람 피는 안 섞였다고 하지 않았어?"

"그렇다 해도 계속 가족으로 살았잖아? 가족을 그런 눈으

로 보다니, 좀 기분 나쁘지 않아?"

"뭐, 그건 그렇지……나도 오빠가 있지만 만약 피가 안 섞였다고 해도 남자로는 안 볼 것 같은데."

"그래, 그거. 가족은 연애 대상으로 삼으면 안 되잖아."

"여동생에게 손을 대다니, 키류 오빠는 변태일지도 몰라."

(…….)

그 대화 내용에 미즈하는 찬물을 뒤집어쓴 것 같은 기분이 들었다.

남매 사이의 연애가 평범하지 않다는 건 알고 있었다.

하지만 진짜 의미를 이해하지 못했던 것 같다.

미즈하 혼자만의 문제라면 참으면 된다.

누가 뭐라 해도 오빠에 대한 마음은 바뀌지 않을 테니까.

(하지만 오빠에게까지 이런 생각을 하게 하는 건…….)

여동생과 친하게 지낸다는 이유로 오빠까지 손가락질을 받는 건 싫었다.

설령 그가 용서한다고 해도 자신이 자신을 용서할 수 없었다.

만약 이대로 그와 교제하게 된다 해도 그 사실이 공식적으로 알려지면 분별없는 소문이 퍼지는 걸 막을 방법은 없었다.

미즈하가 생각한 것 이상으로 이 사랑을 성취시키는 건 어려운 일이었다.

"내가 왜 들떠 있었지……?"

그 자리에서 움직이지도 못한 채, 행복한 기분은 흔적도 없이 사라져 어쩔 도리 없는 허무함만이 가슴속에서 소용돌이쳤다.

◇

화요일 방과 후, 케이키는 아무도 없는 교실에서 미즈하에게 문자를 보냈다.

문장은 심플하게 『교실로 와주면 안 될까?』라는 내용이었고 이윽고 『기다려』라는 승낙의 문자가 왔다.

"……좋아."

오늘은 말하자면 그저께의 리벤지였다.

전날은 관람차에서 멀미하는 추태를 보이고 말았지만 오늘은 컨디션도 완벽.

고백 멘트도 문제는 없었는데 이미 몇 번이나 머릿속에서 시뮬레이션을 했다.

어젯밤엔 웬일로 미즈하가 방으로 오지 않았기 때문에 연습에 집중할 수 있었다.

"이제 미즈하에게 이 마음을 전하기만 하면 돼."

요즘 일어난 갖가지 이벤트에 의해 케이키는 본인의 마음을 재확인했다.